春华秋实
经典书系

HAIYAN
ZHENGZHENDUOZHUANJI

# 海燕

经典美文阅读

郑振铎 ◎ 著

北方联合出版传媒（集团）股份有限公司
万卷出版公司
2013年 · 沈阳

ⓒ 郑振铎 2013

## 图书在版编目（CIP）数据

海燕 / 郑振铎著. — 沈阳：万卷出版公司,2013.5
　　（春华秋实经典书系）
　　ISBN 978-7-5470-2371-6

Ⅰ.①海… Ⅱ.①郑… Ⅲ.①散文集 – 中国 – 现代
Ⅳ.①I266

中国版本图书馆CIP数据核字(2013)第051197号

出版发行：北方联合出版传媒（集团）股份有限公司
　　　　　万卷出版公司
　　　　　（地址：沈阳市和平区十一纬路29号邮编：110003）
印　刷　者：沈阳市奇兴彩色广告印刷有限公司
经　销　者：全国新华书店
幅面尺寸：170mm×240mm
字　　数：150千字
印　　张：13
出版时间：2013年5月第1版
印刷时间：2013年5月第1次印刷
责任编辑：张雪娇　张　麟
封面设计：范　娇
版式设计：范　娇
责任校对：高　辉
书　　号：ISBN 978-7-5470-2371-6
定　　价：19.80元

联系电话：024-23284090
邮购热线：024-23284050
传　　真：024-23284521
E－mail：vpc_tougao@163.com
腾讯微博：http://t.qq.com/wjcbgs
网　　址：http://www.chinavpc.com

郑振铎，字西谛，书斋用"玄览堂"的名号，1898 年 12 月 19 日出生于浙江温州。郑振铎是我国现代杰出的爱国主义者和社会活动家，也是著名作家、学者、文学评论家、文学史家、翻译家、艺术史家，也是国内外闻名的收藏家、训诂家。曾创办《儿童世界》《民主周刊》《小说月报》等刊物，并曾先后担任清华大学、燕京大学、辅仁大学教授与暨南大学文学院院长。中华人民共和国成立后，郑振铎曾担任中央文化部文物局局长等。1955 年当选为中国社会科学院院士及学部委员。1958 年 10 月 17 日率领中国文化代表团出国访问途中，因飞机突然失事遇难殉职。

郑振铎的文字平淡而有新意，章法于轻松之中严谨，既歌颂真善美，也不乏深广学识。其散文作品张力十足，展现出一种强大的生命力。作品题材广泛，包括日常生活中的所见所闻，亦包括对历史事件的感想。无论是生活景致，还是爱国情绪，无不与时代背景相连。《"野有饿殍"》《从"轧"米到"踏"米》《鹈鹕与鱼》《我的邻居们》等文，仿佛为一幅抗战沦陷区的全景图。在莫干山避暑期间的散文体现出浓浓的故乡情，赴欧途中所创作的作品则抒发了浪迹天涯的游子对祖国和故乡魂牵梦萦的思念之情。

本书分为"山中杂记"、"海燕"、"蛰居散记"、"故人旧事"四部分，其中前三部分选取了其同名作品集中的散文作品，最后一部分"故人旧事"中，选取了作者所创作的一组怀念友人的作品，所选篇目均为郑振铎的代表性作品，适合当下中小学生阅读。

为了青少年阅读更加方便，领悟更加深刻，我们在每篇文章前加了一段导读，或介绍作品的发表背景，或介绍作品的主要内容，或分析作品所要表达的思想，这使文章的可读性大大加强。希望本书能够丰富青少年的内心，成为青少年朋友学习课本知识之外的好伙伴。

# 目 录

# 海燕

在故乡，我们还会想象得到我们的
小燕子是这样的一个海上英雄么？

# 山中杂记

《山中杂记》于 1927 年由开明书店出版。书中收录了《避暑会》《月夜之话》《山中的历日》《苦鸦子》《山市》等 9 篇游记散文，是郑振铎 1926 年夏天在莫干山住了一个月后写的。

　　《山中杂记》是一组"山中通信"，记录了 1926 年 7 月至 8 月间郑振铎在莫干山避暑时的生活片段。这组散文中并没有景慕自然的理性思考，也没有孤寂的出世志向，然而作品中对于游览、山中生活的描写，也反映了一些社会侧面。《三死》反映了人们对生与死的麻木与冷漠，《月夜之话》流露出作者对故乡的深情，《山中的历日》表达出对山中隔世生活的喜爱……

# 避暑会

导读：

　　莫干山是民国时期的四大避暑胜地之一，自晚清以来，即有外国传教士在山中营屋避暑。1928 年张静江收回莫干山主权以前，山中几乎像是租界了，到处是洋人的别墅，还有洋人，来自十几个国家。1926 年 7 月，郑振铎到莫干山避暑，创作了一组散文，本文便是其中一篇。

到处都张挂着避暑会的通告，在莫干山的岭下及岭脊。我们不晓得避暑会是什么样的组织，并且不知道以何因缘，他们的通告所占的地位和语气，似乎都比当地警察局的告示显得冠冕而且有威权些。他们有一张中文的通告说：

今年本山各工匠擅自加价，每天工资较去年增加了一角。本避暑会董事议决，诸工匠此种行动，殊为不合。本年姑且依照他们所增，定为水木各匠，每天发给工资五角。待明年本会大会时再决定办法。此布。

莫干山避暑会（原文大意）

增加工资的风潮，居然由上海蔓延到乡僻的山中来了，我想。避暑会的力量倒不小，倒可以有权力操纵着全山的政治大权。大约这个会一定是全山的避暑者与警察当局共同组织的，或至少是得到当地政治局的同意而组织的。后来，遇到了几位在山上有地产，而且年年来避暑的人，如鲍君、丁君，我问他们：

"避暑会近来有什么新的设备？"

"我不知道。"

"我们是向来不预闻的。"

这使我更加疑诧了。到底这个"莫干山避暑会"是由谁组织的呢？

"你能把这会的内容告诉我么？我很愿意知道这会里面的事。"有一天，我遇见了一位孙君这样的问他。

"我也不大清楚，都是外国人在那里主办的。"

"没有一个中国人在么？"

"没有。"

"为什么不加人？"

"我也不晓得，不过听说中国人的避暑者也正想另外组织一个会呢。"

"年年来避暑的，如丁君、鲍君他们都连来了二十多年了，怎样没有想到这事？"

"他们正想联络全山的中国避暑者。"

"进行得如何了？什么时候可以成立？"

孙君沉默了一会儿，似乎怪我多问。

"我也不大仔细知道他们的事。"

几天又过了，我渐渐明白了这避暑会的事业：他们设立了一个游泳池，一个很大的网球场，建筑都很好，管理得都很有秩序。还有一个大会堂，为公共的会议厅，为公共的礼拜堂，会堂之旁，另辟了一个图书馆，还有一个幼稚园，每一个星期，大约是在星期五，总有一次音乐合奏会在那里举行，一切事业都举办得很整齐的。

一天，一位美国人上楼来找我们了。他自己介绍说是避暑会派来的，因为去年募款建造大会堂，还欠下一万多块钱的债，要每年向上山避暑的人捐助一点，以便还清。

"你还没有到过大会堂么？那边有图书馆，可以去看书借书，还有音乐会，每星期一次，欢迎你们大家去听。还有幼稚园，儿童们可以去上课。"

我便乘机略问了避暑会的情形。最后，他说，他是沪江大学的教员。见我桌上放了许多书，布了原稿纸在工作，便笑着说："我每天上午也都做工，预备下半年的教材。"

我们写了几块钱的款，他道了谢，便走了。

原来，这个山，自开辟为避暑区域以来，不到四十年，最初来的是一个英国人施牧师，他买了二百多亩地，除留下十分之二三为公地，做球场、礼拜堂之用外，其余的都由教友分买了。到了后来，来的人一天比一天的多，避暑区域也一天一天的壮大，施牧师虽然死了，可他的工作却有人继续着做去。

他们的人却不多，而且很复杂。据说，全山总计起来，中国避暑者却比他们多得很多。他们的国籍，有美、法、英、德；他们的职业，有教员，有牧师，有商人，有上海工部局里的巡捕头。我们愤怒他们之侵略，厌恶他们之横行于这种不问主人的越俎代谋的举动，然而我们自己则如何？

要眼不见他们的越俎代谋，除非是我们自

己出来用力的干去，有条理的干去！

我们一向是太懒惰了，现在时非做事不可了！能做的便是好人，能一同向前走去，为公共而尽力的便是好人，能不因私意而阻挡别人之工作者便是好人！

这个愤谈却禁不住的要发。

本来要写《山中通信》第二封，第三封……的，因为工作太忙了，且赶着要把它做完，所以没有工夫再写下去。现在把回忆中的所有东西，陆续的写出，作为如上的《山中杂记》，虽然并不是真的在山中记的，却因为都是山中的事，便也如此题着了。

1926 年 8 月 30 日夜追记

# 三 死

导读：

　　郑振铎，作为"五四"人，也是一位对人性富于思考的现代作家。《三死》记录了作者在 1926 年 7 月至 8 月间在莫干山避暑的生活片段，通过山上三个人的死以及山中人对这件事的态度，反映了当时人们对生与死的冷漠与麻木。

日间，工作得很疲倦，天色一黑便去睡了。也不晓得是多少时候了，仿佛在梦中似的，房门外游廊上，忽有许多人的说话声音：

"火真大，在对面的山上呢。"

"听说是一个老头子，八十多岁了，住在那里。"

"看呀，许多人都跑去了，满山都是灯笼的光。"

如秋夜的淅沥的雨点似的，这些话一句句落在耳中。"疲倦"紧紧的把双眼握住，好久好久才能张得开来，忽忽的穿了衣服，开了房门出去。满眼的火光！在对面，在很远的地方，然而全山都已照得如同白昼。

"好大的火光！"我惊诧的说。

心南先生的全家都聚在游廊上看，还有几个女佣人，谈话最勇健，她们的消息也最灵通。

"已经熄下去了，刚才才大呢；我在后房睡，连对面墙上都满映着火光，我还当作是很近，吃了一个大惊。"老伯母这样的说。"听说是一间草屋，有一个八十多岁的老头子住在那里，不晓得怎么样了？"她轻柔的叹了一口气。

江妈说道："听说已经死了，真可怜，他已经走不动了，天天有人送饭给他吃，不知今晚为什么会着火？"

"听说是汕灯倒翻了。"刘妈插嘴说。

丁丁的清脆的伐竹的声音由对山传出，火光中，人影憧憧的往来。渐渐的有人执着灯笼散回去了。

"火快熄了，警察在斫竹，怕它延烧呢。"

"一个灯笼，两个灯笼，三个灯笼，都走到山下去了，那边还有几个在走着呢。"依真指点的嚷着说。在山中，夜行者非有灯笼不可；我们看不见人，只看见灯光移动，便知道是一个人在走着了。

"到底那老人家死了没有呢，你们去问问看。"老伯母不能安心的说道。

"听说已死了。"几个女佣抢着说。

丁丁的伐竹声渐渐的稀疏了，灯笼的光也不大见了，火光更微弱了下去。

"去睡吧。"这个声音如号令似的，使大家都进了自己的房门。我又闭了眼竭力想续前面的甜甜的睡眠。

几个女佣还在廊前健谈不已，她们很大的语声，如音乐似的，把我催眠着。其初，还很清晰的听见她们的话语，后来，朦胧了，朦胧了如蚊蝇之喧声似的；再后，我便睡着了。

第二天，许多人的唯一谈话资料，便是那个不幸的老翁。

"那老人家是为王家看山的。到山已经有五六十年了，他来时，莫干山还没有外国人呢。"

"他是福建人。二十多岁时，不知道为了什么事，由家乡出来，就住在山上了。一直有六十年没有离开过这里。他可算是这山上最老的人了。"

　　"听说，他近五六年来，走路不大灵便，都由一个姓杨（？）的家里，送东西给他吃。"

　　约略的，由几个女佣的口中，知道了这位老翁的生平。下午，楼下的仆人说，老翁昨夜并没有烧死。他见火着了，便跑了出来，后来，因为棉被衣物还没有取出，便又进去了两次去取这些东西，便被火灼伤了，直到了今早才死去。

　　"听说，杨家的太太出了五十块钱，还有别的人也凑齐了一笔款子，为他办理后事。"

　　"听说，尸身还在那里，没有殓呢。"

　　"不，下午已经抬下山去了。"

　　隔了两天，对山火场上树了一个杆子，上面有灯，到了晚上，

锣钹木鱼之声很响的敲着，全山都可听见，是为这位老翁做佛事了。

这就是这位六十年来的山中最老的居民的结果。

半个月过去了，老翁的事大家已经淡忘了。有一天早上，却有几个人运了许多行李到楼下来，女佣们又纷纷的传说，说昨夜又死了两个人。一个是住在山顶某号屋中，只有十七八岁，犯了肺病死的。到山来疗养，还不到两个月。一个是住在下面铁路饭店的，刚来不久，前夜还好好吃着饭，不料昨天便死了。那些行李，是后一个死者的亲属的，他们由上海赶来看他。

不到一刻，死耗便传遍全山了。山上不易得新闻。这些题材乃为众口所喧传，足为好几天的谈话资料。尤其后一个死者，使我们起了个扰动。

"也许是虎列拉，由上海带来的，死得这样快。他的家属，去看了他后，再住到这里，不怕危险么？"我们这几个人如此的提心吊胆着，再三再四的去质问楼下的孙君。他担保说，决没有危险，且决不是虎列拉病死的。我们还不大放心。下午，死者的家属都来了，他们都穿着白鞋。据说，一个是死者的母亲，一个是死者的妻，两个是死者的妾，还加几个小孩，是死者的子女，其余的便是他的丧事经理者。他是犯肺病死了的，在山上已经两个多月了，他的钱不少，据说，是在一个什么银行办事的人。

死者的妻和母，不时的哭着，却不敢大声的哭，因为在旅舍中。据女佣们说，曾有几次，死者的母亲，实在忍不住了，只好跑到山旁的石级上，坐在那里大哭。

第三天，这些人又动身回家了。绝早的，便听见楼下有凄幽的哭泣，只是不敢纵声大哭。太阳在满山照着，许多人都到后面的廊上，倚在红栏杆，看他们上轿。女佣们轻轻的指点说，这是他的大妻，这是他的母亲，这是他的第一妾，第二妾。他们上了山，一转折便为山岩所蔽，不见了。大家也都各去做事。

第二天还说着他们的事。

隔了几天，大家又浑忘了他们。

1926 年 9 月 6 日追记

# 月夜之话

导读：

　　郑振铎祖籍福建长乐。本文用三首福州民歌贯穿全文，从不同角度展现了福州的民风民俗，让我们感受到浓浓的乡土情结。作者对家乡深沉的爱都寄托在这富于家乡特色的民歌之中。

　　城市文明渐渐掩盖了方言民歌，但是在作者心中，这些民歌的魅力正如优美的月夜，长存心中。

是在山中的第三夜了。月色是皎洁无比，看着她渐渐的由东方升了起来。蝉声叽……叽……叽……的曼长的叫着，岭下涧水潺潺的流声，隐略的可以听见，此外，便什么声音都没有了。月如银的圆盘般大，静定的挂在晚天中，星没有几颗，疏朗朗的间缀于蓝天中，如美人身上披的蓝天鹅绒的晚衣，缀了几颗不规则的宝石。大家都把自己的摇椅移到东廊上坐着。

初升的月，如水银似的白，把她的光笼罩在一切的东西上；柱影与人影，粗黑的向西边的地上倒映着。山呀，田地呀，树林呀，对面的许多所的屋呀，都朦朦胧胧的不大看得清楚，正如我们初从倦眠中醒了来，睁开了眼去看四周的东西，还如在渺茫梦境中似的；又如把这些东西都幕上了一层轻巧细密的冰纱，它们在纱外望着，只能隐约的看见它们的轮廓；又如春雨连朝，天色昏暗，极细极细的雨丝，随风飘拂着，我们立在红楼上，由这些蒙雨织成的帘巾向外望着。那末样的静美，那末样柔秀的融和的情调，真非身临其境的人不能说得出的。

"那末好的月呀！"擘黄先生赞赏似的叹美着。

同浴于这个明明的月光中的，还有梦旦先生和心南先生，静悄悄的，各人都随意的躺在他的摇椅上，各自在默想他的崇高的思绪。也不知道有多少秒，多少分，多少刻的时间是过去了，红栏杆外是月光、蝉声与溪声，红栏杆内是月光照浴着的几个静思的人。

月光光，

照河塘。

骑竹马，

过横塘。

横塘水深不得过，

娘子牵船来接郎。

问郎长，问郎短，

问郎此去何时返。

心南先生的女公子依真跳跃着的由西边跑了过来，嘴里这样的唱着。那清脆的歌声漫溢于朦胧的空中，如一塘静水中起了一个水沤似的，立刻一圈一圈的扩大到全个塘面。

"这是各处都有的儿歌，辜鸿铭曾选入他的《幼学弦歌》中。"梦旦先生说。他真是一个健谈的人，又恳挚，又多见闻，凡是听过他的话的人，总不肯半途走了开去。

"福州还有一首大家都知道的民歌，也是以月为背景的，真是不坏。"梦旦先生接着说；于是他便背诵出了这一首歌。

原文：

共哥相约月出来，

怎样月出哥未来？

没是奴家月出早？

没是哥家月出迟？

不论月出早与迟；

恐怕我哥未肯来。

当日我哥未娶嫂，

三十无月哥也来。

译文：

与他相约月出来，

怎么月出了他还未来？

莫不是我家月出得早？

莫不是他家月出得迟？

不论月出早与迟；

只怕他是不肯来了吧！

当日他没有娶妻时，

没有月的三十夜也还来呢。

这首歌的又真挚又曲折的情绪，立刻把大家捉住了，像那末好的情歌，真不多见。

"我真想把它抄录了下来呢！"我说。于是梦旦先生又逐句的背念了一遍，我便录了下来。

"大约是又成了《山中通信》的资料吧。"擘黄先生笑着说道，他今天刚看见我写着《山中通信》。

"也许是的，但这样的好词，不写了下来，未免太可惜了。"

"我也有一个，索性你再写了吧。"擘黄说。

我端正了笔等着他。

七月七夕鹊填桥，

牛郎织女渡天河。

人人都说神仙好，

一年一度算什么！

"最后一句真好，凡是咏七夕的诗，恐怕不见得有那样透彻的口气吧。可见民歌好的不少，只在自己去搜集而已。"擘黄说。

大家的话匣子一开，沉静的气氛立刻打破了，每个人都高高兴兴的谈着唱着，浑忘了皎洁月光与其他一切。月已升得很高，倒向西边的柱影，已渐渐的短了。

梦旦先生道："还有一首歌，你们听人说过没有？"

"采苹你去问秋英，

怎么姑爷跌满身？"

"他说：相公家里回，

也无火把也无灯。"

"既无火把也要灯！

他说相公家里回，

怎么姑爷跌满身？

采苹你去问秋英！"

"是的，听见过的，"擘黄说，"但其层次与说话之语气颇不易分得出明白。"

"大约是小姐见姑爷夜间回来，跌了一身的泥，不由得起了疑心，便叫丫头采苹去问跟班秋英。采苹回到小姐那里，转述秋英的话，相公之所以跌得一身泥者，因由家里回来，夜色黑漆漆的，又无火把又无灯笼也。第二首完全是小姐的话，她的疑心还未释，相公既由家回，如无火把也要有灯，怎么会跌得一身泥？于是再叫采苹去问秋英。虽然是如连环诗似的二首，前后的意思却很不同。每个人的口气也都逼真的像。"梦旦先生说。

经了这样一解释，这首诗，真的也成了一首名作了。

真鸟仔，

啄瓦檐，

奴哥无"母"这数年。

看见街上人讨"母"，

奴哥目泪挂目檐。

有的有，没的没，

有人老婆连小婆！

只愿天下作大水，

流来流去齐齐没。

这一首也是这一夜采得的好诗，但恐"非福州人"所能了解。

所谓"真鸟仔"者，即小麻雀也。"母"者，即女子也，即所谓公母之"母"是也。"奴哥"者，擘黄以为是他人称他的，我则以为是自称的口气，兹译之如下：

小小的麻雀儿，

在瓦檐前啄着，啄着，

我是这许多年还没有妻呀！

看见街上人家闹洋洋的娶亲，

我不由得双泪挂眼边。

有的有，没有的没有，

有的人，有了妻，却还要小老婆。

但愿天下起了大水，

流来流去，使大家一齐都没有。

这个译文，意思未见得错，音调的美却完全没有了。所以要保存民歌的绝对的美，似非用方言写出来不可。

这一夜，是在山上说得最舒畅的一夜，直到了大家都微微的呵欠着，方才散了，各进房门去睡。第二夜，月光也不坏。我却忙着写稿子；再一夜，天色却不佳，梦旦先生和擘黄又忙着收拾行囊，预备第二天一早下山。像这样舒畅的夜谈，却终于只有这一夜，这一夜呀！

1926 年 9 月 14 日

# 山中的历日

**导读：**

　　古语有"山中无历日"，作者在这里却给我们呈现出"山中的历日"。作者在山中的这段时光与喧嚣的城市相隔绝，生活虽简单却不乏情趣。作者在山中这一个月的生活日记，语言朴实、淡雅，透露着恬静的美。

"山中无历日"，这是一句古话，然而我在山中却历日记得很清楚。我向来不记日记，但在山上却有一本日记，每日都有两三行的东西，写在上面。自七月二十三日，第一日在山上醒来时起，直到了最后一日早晨，即八月二十一日，下山时止，无一日不记。恰恰的在山上三十日，不多也不少，预定的要做的工作，在这三十日之内，也差不多都已做完。

当我离开上海时，一个朋友问我："什么时候可以回来？"

"一个月。"我答道。真的不多也不少，恰是一个月。有一天，一个朋友写信来问我道："你一天的生活如何呢？我们只见你一天一卷的原稿寄到上海来，没有一个人不惊诧而且佩服的。上海是那样的热啊，我们一行字也不能写呢。"

我正要把我的山上生活告诉他们呢。

在我的二十几年的生活中，没有像如今的守着有规则的生活，也没有像如今的那么努力的工作着的。

第一晚，当我到了山上时，已经不早了，滴翠轩一点灯火也没有。我问心南先生道："怎么黑漆漆的不点灯？"

"在山上我们已成了习惯，天色一亮就起来，天色一黑就去睡，我起初也不惯，现在却惯了。到了那时，自然而然的会起来，自然而然的会去睡。今夜，因为同家母谈话，睡得迟些，不然，这时早已入梦了。家中人，除了我们二人外，他们都早已熟睡了。"心南先生说。

我有些惊诧，却不大相信。更不相信在上海起迟眠迟的我，会服从了山中的习惯。

然而到了第二天绝早，心南先生却照常的起身。我这一夜是和他暂时一房同睡的，也不由得不起来，不由得不跟了他一同起身。"还早呢，还只有六点钟。"我看了表说。

"已经是太晚啦。"他说。果然，廊前太阳光已经照得满墙满地了。

这是第一次，我倚了绿色的栏杆——后来改漆为红色的，却更有些诗意了——去看山景。没有奇石，也没有悬岩，全山都是碧绿色的竹林和红瓦黑瓦的洋房子。山形是太平衍了。然而向东望去，却可看见山下的原野。一座一座的小山，都在我们的足下，一畦一畦的绿田，也都在我们的足下。几缕的炊烟，由田间升起，在空中袅袅的飘着，我们知道那里是有几家农户了，虽然你看不见他们。空中是停着几片的浮云。太阳照在上面那云影倒映在山峰间，明显的可以看见。

"也还不坏呢，这山的景色。"我说。

"在起了云时，漫山的都是云，有的在楼前，有的在足下，有时浑不见对面的东西，有时诸山只露出峰尖，如在海中的孤岛，这件事可称为云海，那才有趣呢。我到了山时，只见了两次这样的奇景。"心南先生说。

这一天真是忙碌，下山到了铁路饭店，去接梦旦先生他们上山来。下午，又东跑跑，西跑跑。太阳把山径晒得滚热的，它又张了大眼向下望着，头上是好像一把火的伞。只好在邻近竹径中走走就回来啦。

在山上，雨是不预约就要落下来的，看它天气还好好的，一瞬

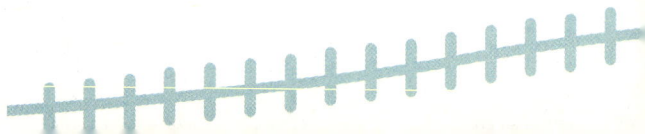

眼间，却已乌云避了楼檐，沙沙的一阵大雨来了。不久，眼望着这块大乌云向东驶去，东边的山与田野现出阴郁的样子，这里又是太阳光慢慢的照着了。

"伞在山上倒是必要的，晴天可以挡太阳，下雨的时候可以挡雨。"我说。

这一阵雨过去后，天气是凉爽得多了，我便又独自由竹林间的一条小山径，寻路到瀑布去。山径还不湿滑，因为一则沿路都是枯落的竹叶躺着，二则泥土太干，雨又下得不久。山径不算不俊俏，却异常地好走。足踏在干竹叶上，肉肉的如履铺了棉花的地板，手攀着密集的竹竿，一干一干地递扶着，如扶着栏杆，任怎么峻峭的路，都不会有倾跌的危险。

莫干山有两个瀑布，一个是在这边山下，一个是碧坞。碧坞太远了，听说路也很险。走过去要经过一条只有一尺多宽的栈道，一面是绝壁，一面是十余丈的山溪，轿子是不能走过的，只好把轿子中途弃了，两个轿夫牵着游客的双手，一前一后的把他送过去。去年，有几个朋友到那里去游，却只有几个最勇敢的这样的走了过去，还有几个却终于与轿子一同

停留在栈道的这边，不敢过去了，这边的山下瀑布，路途却较为好走，又没有碧坞那么远，所以我便渴于要先去看看——虽然他们都要休息一下，不大高兴走。

瀑布的气势是那样的伟大，瀑布的景色是那么样的壮美；那么多的清泉，由高山石上，倾倒而下，水声如雷似的，水珠溅得远远地，只要闭眼一想象，便知她是如何的可迷人呀！我少时曾和数十个同学一同旅行到南雁荡山。那边的瀑布真不少，也真不小。老远的老远的，便看见一道道的白练布由山顶挂了下来，却总是没有走到。经过了柔湿的田道，经过了繁盛的村庄，爬上了几层的山，方才到了小龙湫。那时是初春，还穿着棉衣。长途的跋涉，使我们都气喘汗流。但到了瀑布之下，立在一块远隔丈余的石上时，细细的水珠却溅得你满脸满身都是，阴凉的阴凉的，立刻使你一点的热感都没有了，虽穿了棉衣，还觉得冷呢。面前是万斛的清泉，不休的只向下倾注，那景色是无比的美好，那清而弘大的水声，也是无比的美好，这使我到如今还记念着，这使我格外的喜欢瀑布与有瀑布的山。十余年来，总在北京与上海两处徘徊着，不仅没有见什么大瀑布，便连山的影子也不大看得见。这一次之到莫干山，小半的原因，因为那山有瀑布。

山径不大好走，时而石级，时而泥径，有时，且要在荒草中去寻路。亏得一路上溪声潺潺的。沿了这溪走，我想总不会走得错的。后来终于是走到了。但那水声并不大，离近了，那水珠也不会飞溅到脸上身上来。高虽有二丈多高，阔却只有两个人身的阔。那么样

萎靡的瀑布，真使我有些失望，然而这总算是瀑布，万山静悄悄的，
连鸟声也没有，只有几张照相的色纸，落在地上，表示曾有人来过。
在这瀑布下流连了一会儿，脱了衣服，洗了一个身，濯了一会足，
便仍旧穿便衣，与它告别了。却并不怎么样的惜别。

刚从林径中上来，便看见他们正在门口，打算到外面走走。

"你去不去？"黄问我。

"到哪里去？"我问道。

"随便走走。"

我还有余力，便跟了他们同去。经过了游泳池，各个人喧笑的
在那泅水里，大都是碧眼黄发的人，他们是最会享用这种公共场所的。
池旁，列了许多座位，预备给看的人坐，看的人真也不少。沿着这
条山径，到了新会堂，图书馆和幼稚园都在那里。一大群的人正从
那里散出，也大都是碧眼黄发的人。沿着山边的一条路走去，便是
球场了。球场的规模并不小，难得在山边会辟出这么大的一个布告，
有一张说："如果山岩崩坏了，发生了什么意外之事，避暑会是不负
责的。"我们看那山边，围了不少层的围墙。很坚固，很坚固，哪里
会有什么崩坏的事。然而他们却要预防着。在快活的打着球的，也
都是碧眼黄发的人。

梦旦先生他们坐在亭上看打球，我们却上了山脊。在这山脊上
缓缓的走着，太阳已将西沉，把那无力的金光亲切地抚摸我们的脸。
并不大的凉风，吹拂在我们的身上，有种说不出的舒适之感。我们
在那里，望见了塔山。

心南先生说："那是塔山，有一个亭子的，算是莫干山最高的山了。"望过去很远，很远。

晚上，风很大，半夜醒来，只听见廊外虎虎的啸号着，仿佛整座楼房连基底都要为它所摇撼。

山中的风常是这样的。

这是在山中的第一天。第二天也没有做事。到了第三天，却清早的起来，六点钟时，便动手做工。八时吃早餐，看报，看来信，邮差正在那时来。九时再做，直到十二时。下午又开始写东西，直到了四时。那时，却要出门到山上走走了。却只在近处，并不到远处去。天未黑便吃了饭。随意闲谈着。到了八时，却各自进了房。有时还看看书，有时却即去睡了。一个月来，几乎天天是如此。

下午四时后，如不出去游山，便是最好的看书时间了。

山中的历日便是如此，我从来没有过这样的有规则的生活过。

1926 年 9 月 20 日追记

# 塔山公园

导读：

　　本文为作者在莫干山避暑回来之后追记而成，记述了其三次去塔山公园的经历。三次前往，三种心情。"亭不像亭，塔不像塔，中不是中，西不是西，又不是中西的合璧"，由此不难看出作者呼之欲出的爱国之情。

由滴翠轩到了对面网球场，立在上头的山脊上，才可以看到塔山；远远的，远远的，见到一个亭子立在一个最高峰上，那就是所谓塔山公园了。到山的第三天的清早，我问大家道："到塔山去好吗？"

朝阳柔黄的满山照着，鸟声细碎的唧啾着，正是温凉适宜的时候，正是游山最好的时候。

大家都高兴去走走，但梦旦先生说，不一定要走到塔山，恐怕太远，也许要走不动。

缓缓的由林径中上了山；仿佛只有几步可以到顶上了，走到那处，上面却还有不少路，再走了一段，以为这次是到了，却还有不少路。如此的，"希望"在前引导着，我们终于到山脊。然后，缓缓的，沿山脊而走去。这山脊是全个避暑区域中最好的地方。两旁都是建造的式样不同的石屋或木屋，中间一条平坦的石路，随了山势而高起或低下。空地不少，却不像山下的一样，粗粗的种了几百株竹，它们却是以绿绿的细草铺盖在地上，这里那里的置了几块大石当做椅子，还有不少挺秀的美花奇草，杂植于平铺的绿草毡上。我们在那里，见到了优越的人为淘汰的结果。

一家一家的楼房构造不同，一家一家的园花庭草，亦布置得不同。在这山脊上走着，简直是参观了不少的名园。时时的，可于屋角的空隙见到远远的山峦，见到远远的白云与绿野。

走到这山脊的终点，又要爬高了，但梦旦先生有些疲倦了，便坐在一块界石上休息，没有再向前走的意思。

大家围着这个中途的界石而立着，有的坐在石阶上。静悄悄的，

还没有一个别的人，只有早起的乡民，满头是汗的挑了赶早市的东西经过这里，送牛奶面包的人也有几个经过。

大家极高兴的在那里谈天说地，浑忘了到塔山去的目的。太阳渐渐的高了，热了，心南看了手表道：

"已经九点多了。快回去吃早餐吧。"

大家都立了起来，拍拍背后的衣服。拍去坐在石上所沾着的尘土，而上了归途。

下午，我的工作完了，便问大家道："现在到塔山去不去呢？"

"好的。"擘黄道，"只怕高先生不能走远道。"

高先生道："我不去，你们去好了。我要在房里微睡一下。"

于是我和心南、擘黄同去了。

到塔山去的路是很平坦的。由山后的一条很宽的泥路走去，后面的一带风景全可看到。山石时时有人在丁丁的伐采，可见近来建造别墅的人一天天的多了，连山后也已有了几家住户。

塔山公园的区域，并不很广大，都是童山，杂植着极小极小的竹树，只有膝盖的一半高。还有不少杂草，大树木却一株也没有。将到亭时，山势很高峭，两面石碑，立在大门的左右，是叙这个公园的缘起，碑字已为风雨所侵而模糊不清，后面所署的年月，却是宣统

二年（？）。据说，近几年来，亭已全圮，最近才有一个什么督办，来山避暑，提倡重修。现在正在动工。到了亭上，果有不少工匠在那里工作，木料灰石，堆置得凌乱不堪。亭是很小的，四周的空地也不大，却放了四组的水门汀建造的椅桌，每组二椅一桌，以备游人野餐之用。亭的中央，突然的隆起了一块水门汀建的高丘，活像西湖西冷桥畔重建的小青墓。也许这也是当桌子用的，因为四周也是水门汀建的亭栏，可以给人坐。

再没有比这个亭更粗陋而不谐和的建筑物了，一点式样也没有，不知是什么东西，亭不像亭，塔不像塔，中不是中，西不是西，又不是中西的合璧，简直可以说是一无美感、一无知识者所设计的亭子。如果给工匠们自己随意去设计，也许比这样的式子更会好些。

所谓公园者，所谓亭子者不过如此！然而这是我们中国人在莫干山所建筑的唯一的公共场所。

亏得地势占得还不坏。立在亭畔，四面可眺望得很远。莫干山的诸峰，在此一一可以指点得出来，山下一畦一畦的田，如绿的绣毡一样，一层一层，由高而低，非常的有秩序。足下的岗峦，或起或伏，或趋或耸，历历可指，有如在看一幅地势实型图。

太阳已经渐渐的向西沉下，我们当风而立，略略的有些寒意。

那边有乌云起了，山与田都为一层阴影所蔽，隐隐的似闻见一阵一阵的细密的雨声。

"雨也许要移到这边来了，我们走吧。"

这是第一次的到塔山。

第二次去是在一个绝早的早晨。人是独自一个。

在山上，我们几乎天天看太阳由东方出来。倚在滴翠轩廊前的红栏杆上，向东望着，我们便可以看到一道强光四射的金线，四面都是斑斓的彩云托着，在那最远的东方。渐渐的，云渐融消了，血红的血红的太阳露出了一角，而楼前便有了太阳光。不到一刻，而朝阳已全个的出现于地平线上了，比平常大，比平常红，却是柔和的，新鲜的，不刺目的。对着了这个朝阳而深深的呼吸着，真要觉得生命是在进展，真要觉得活力是已重生。满腔的朝气，满腔的希望，满腔的愉意，满腔的跃跃欲试的工作力！

怪不得晨鸟是要那样的对着朝阳宛转的歌唱着。

常常的在廊前这样的看日出。常常的移了椅子在阳光中，全个身子都浸没在它的新光中。

也许到塔山那个最高峰去看日出，更要好呢。泰山之观日出不是一个最动人的景色么？

一天，绝早，天色还黑着，我便起身，胡乱的洗漱了一下，立刻起程到塔山。天刚刚有些亮，可以看见路。半个行人也没有遇见。一路上急急的走着，屡次的回头看，看太阳已否升起。山后却是阴沉沉的。到了登上了塔山公园的长而多级的石阶时，才看见山头已有金黄色，东方是已经亮晶晶的了。

风虎虎的吹着，似乎要从背后把你推送上山去。愈走得高风愈大，真有些觉得冷栗，虽然是在六月，且穿上了夹衣。

飞快的飞快的上山，到了绝顶时，立刻转身向东望着，太阳却已经出来了，圆圆的红血的一个，与在廊前所见的一模一样，眼界并不见得因更高而有所不同。

在金黄的柔光中浸溶了许久许久才回去，到家还不过八时。

第三次，又到了塔山，是和心南先生全家去的，居然用到了水门汀的椅桌，举行了一次野餐会。离第一次到时，只有半个月，这里仿佛因工程已竣之故，到的人突多起来。空地上垃圾很不少，也无人去扫除。每个人下山时都带了不少只苍蝇在衣上帽上回去。沿路费了不少驱逐的工夫。

1926 年 9 月 30 日追记

春华秋实经典书系

# 蝉与纺织娘

导读：

　　古人常以蝉喻颂品行的高洁。《唐诗别裁》说："咏蝉者每咏其声，此独尊其品格。"蝉从幼虫时钻入土里，靠吸收树根的汁液生存，在土里蛰伏 3 年到 17 年的时间再等待脱壳化蝉，经历了漫长的等待与黑暗，一旦脱壳，便奏响一首生命的赞歌。作者通过叙写蝉与纺织娘的不同，表达出自己对生活的热爱。

你如果有福气独自坐在窗内，静悄悄的没一个人来打扰，一点钟，两点钟的过去，嘴里衔着一支烟，躺在沙发上慢慢的喷着烟云，看它一白圈一白圈的升上，那末在这静境之内，你便可以听到那墙角阶前的鸣虫的奏乐。

那鸣虫的作响，真不是凡响；如果你曾听见过曼杜令的低奏，你曾听见过一支洞箫在月下湖上独吹着；你曾听见过红楼的重幔中透漏出的弦管声，你曾听见过流水淙淙的由溪石间流过，或你曾倚在山阁上听着飒飒的松风在足下拂过，那末，你便可以把那如何清幽的鸣虫之叫声想象到一二了。

虫之乐队，因季候的关系而颇不同，夏天与秋令的虫声，便是截然的两样。蝉之声是高旷的，享乐的，带着自己满足之意的；它高高的栖在梧桐树或竹枝上，迎风而唱，那是生之歌，生之盛年之歌，那是结婚曲，那是中世纪武士美人的大宴时的行吟诗人之歌。无论听了那叽——叽——的曼长声，或叽格——叽格——的较短声，都可同样的受到一种轻快的美感。秋虫的鸣声最复杂。但无论纺织娘的咭嘎，蟋蟀的唧唧，金铃子之玎玲，还有无数无数不可名状的秋虫之鸣声，其声调之凄抑却都是一样的；它们唱的是秋之歌，是暮年之歌，是薤露之曲。它们的歌声，是如秋风之扫落叶，怨妇之奏琵琶，孤峭而幽奇，清远而凄迷，低徊而愁肠百结。你如果是一个孤客，独宿于荒郊逆旅，一盏荧荧的油灯，对着一张板床，一张木桌，一二张硬板凳，再一听见四壁唧唧吱吱的虫声间作，那你今夜便不用再想稳稳的安睡了，什么愁情，乡思，以及人生之悲感，都会一

串串的从根儿勾引起来，在你心上翻来覆去，如白老鼠在戏笼中走轮盘一般，一上去便不用想下来憩息。如果你不是一个客人，你有家庭，你有很好的太太，你并没有什么闲愁胡想，那末，在你太太已睡之后，你想在书房中静静的写些东西时，这唧唧的秋虫之声却也会无端的窜入你的心里，翻掘起你向不曾有过的一种凄感呢。如果那一夜是一个月夜，天井里统是银白色，枯秃的树影，一根一条的很清朗的印在地上，那末你的感触将更深了。那也许就是所谓悲秋。

秋虫之声，大都在蝉之夏曲已告终之后出现，那正与气候之寒暖相应。但我却有一次奇异的经验；在无数的纺织娘之鸣声已来了之后，却又听得满耳的蝉声。我想我们的读者中有这种经验的人是必不多的。

我在山中，每天听见的只有蝉声，鸟声还比不上。那时天气是很热，即在山上，也觉得并不凉爽。正午的时候，躺在廊前的藤榻上，要求一点的凉风，却见满山的竹树梢头，一动也不动，看看足底下的花草，也都静静的站着，如老僧入了定似的。风扇之类既得不到，只好不断的用手巾来拭汗，不断的在摇挥那纸扇了。在这时候，往往有几缕的蝉声在槛外鸣奏着。闭了目，静静的听了它们在忽高忽低，忽断忽续，此唱彼和，仿佛是一大阵绝清幽的乐队在那里奏着绝清幽的曲子，炎热似乎也减少了，然后，睡去了，什么都不觉得。良久，良久，清梦醒来时，却又是满耳的蝉声。山中的蝉真多！绝早的清晨，老妈子们和小孩子们常去抱着竹竿乱摇一阵，而一只二只的蝉便要跟随了朝露而落到地上了。每一个早晨，在我们滴翠轩的左近，至少是百只以上之蝉是这样的被捉。但蝉声并不减少。

常常的，一只蝉两只蝉，叽的一声，飞入房内，如平时我们所见的青油虫及灯蛾之飞入一样。这也是必定被人所捉的。有一天，见有什么东西在槛外倒水的铅斗中咯笃咯笃的作响，俯身到槛外一看，却又是一只蝉，这当然又是一个俘虏了。还有好几次，在山脊上走时，忽见矮林丛中有什么东西在动，拨开林丛一看，却也是一只蝉。它是被竹枝竹叶挡阻住了不能飞去。我把它拾在手中。同行的心南先生说，"这有什么稀奇，放走了它吧。要多少还怕没有！"我便顺手把它向风中一送，它悠悠扬扬的飞去很远很远，渐渐的不见了。我想不到这只蝉就是刚才在地上拾了来的那一只！

初到时，颇想把它们捉几个寄上海去送送人。有一次，便托了老妈子去捉。她在第二天一早，果然捉了五六只来放在一个大香烟纸盒中，不料给依真一见，她却吵着，带强迫的要去。我又托那个老妈子去捉。第二天，又捉了四五只来，依真的纸盒中却只剩下两只活的，其余的都死了。到了晚上，我的几只，也死了一半。因此，寄到上海的计划遂根本的打消了。从此以后，便也不再托人去捉，自己偶然捉来的，也都随手的放去了。那样不经久的东西，留下了它干什么用！不过孩子们却还热心的去捉。依真每天要捉至少三只以上用细绳子缚在铁杆上。有一次，曾有一只蝉居然带了红绳子逃去了；很长的一根红绳子，拖在它后面，在风中飘荡着，很有趣味。

半个月过去了；有的时候，似乎蝉声略少，第二天却又多了起来。虽然是叽——叽——的不息的鸣着，却并不觉喧扰；所以大家都不讨厌它们。我却特别的爱听它们的歌唱，那样的高旷清远的调子，在什么音乐会中可以听得到！我以我每以蝉声将绝为虑，时时的干涉孩子们的捕捉。

到了一夜，狂风大作，雨点如从水龙头上喷出似的，向槛内廊上倾倒。第二天还不放晴。再过一天，晴了，天气却很凉，蝉声乃不再听见了！全山上在鸣唱着的却换了一种咭嘎——咭嘎——的急促而凄楚的调子，那是纺织娘。

"秋天到了。"我这样的说着，颇动了归心。

再一天，纺织娘还是咭嘎咭嘎的唱着。

然而，第三天早晨，当太阳晒得满山时，蝉声却又听见了！且很不少。我初听不信；叽——叽——叽格——叽格——那确是蝉声！纺织娘之声却又潜踪了。

蝉回来了，跟它回来的是炎夏。从箱中取出的棉衣又复入箱中。下山之计遂又打消了。

谁曾于听了纺织娘歌声之后再听见蝉的夏曲呢？这是我的一个有趣的经验。

11 月 8 日夜补记

# 苦鸦子

导读：

　　本文清新自然，将作者从上海去莫干山途中以及在山上的见闻描写出来。语调轻快，娓娓道来，发表自己对人们常见的乌鸦的独到见解。郑振铎先生在这里借用人们常见的意象表达出山中女人的苦楚，透露出对劳苦女性的同情。

乌鸦是那末黑丑的鸟，一到傍晚，便成群结阵的飞于空中，或三两只栖于树下，苦呀！苦呀的叫着，更使人起了一种厌恶的情绪。虽然中国许多抒情诗的文句，每每的把鸦美化了，如"寒鸦数点"、"暮鸦栖未定"之类，读来未尝不觉其美，等到一听见其声，思想的美感却完全消失了，心上所有的只是厌恶。

在山中也与在城市中一样，免不了鸦的干扰。太阳的淡金色光线，弱了，柔和了，暮霭渐渐的朦胧的如轻纱似的幔罩于岗峦之腰，田野之上，西方是血红的一个大圆盘悬在地平上，四边是金彩斑斓的云霞，点染在半天；工作之后，躺在藤榻上，有意无意的领略着这晚霞天气的图画。经过了这样静谧的生活的，准保他一辈子不会忘了，至少是要在城市的狭室中不时想起的。不幸这恬静可爱的山中的黄昏，却往往为苦呀苦呀的鸦声所乱。

有一天，晚餐吃得特别的早；几个老婆子趁着太阳光未下山，把厨房中盆、碗等物都收拾好了，便也上楼靠在红栏杆上闲谈。

"苦呀！苦呀！"几只乌鸦栖在对面一株大树上，正朝着我们此唱彼和的歌叫着。

"苦鸦子！我们乡下人总说她是嫂嫂变的。"汤妈说。

江妈接着道："我们那里也有这话。婆婆很凶，姑娘又会挑嘴，弄得嫂嫂常常受婆婆的气，还常常的打她，男人又一年间没有几时在家。有一次，她把米饭从后门给了些叫化的；她姑娘看见了，马上去告诉她的娘。还挑拨的说：'嫂嫂常常把饭给人家。'于是婆婆生了大气，用后门的门闩，没头没脑的打了她一顿，她浑身是伤。

气不过，就去投河。却为邻居看见了救起，把她湿淋淋的送回家。她婆婆、姑娘还骂她假死吓诈人。当夜，她又用衣带把自己吊死在床前了。过了几个月，她男人回家，他的娘却淡淡的说，她得病死了。但她的灵魂却变了乌鸦，天天在屋前树上苦呀苦呀的叫着。"

"做人家媳妇实在不容易。"江妈接着说，"像我们那里媳妇吃苦的真不少！"

汤妈说："可不是！前半年在少爷家里用的叶妈还不是苦到无处说！一天到晚打水，烧饭，劈柴，种田，摘豆子，她婆婆还常常的叽哩咕噜骂她。碰到丈夫好些的，也还好，有地方说说。她的丈夫却又是牛脾气，好赌。输了，总拿她来出气，打得呀，浑身是伤！有一次，她给我看，一身的青肿，半个月一个月还不会退。好容易来帮人家，虽然劳碌些，比在家里总算是好得多了。一月三块半工钱，一个也不能少，都要寄回家。她丈夫还时时来找她要钱！她说起来常哭！上一次，她不是辞了回家么？那是她丈夫为了赌钱的事，被人家打伤了，一定要她回去服侍。这一向都没有信来，问她乡里人也不知道。这一半年总不见得会出来了。"

江妈道："汤奶奶你是好福气！说是童养媳，婆婆待你比自己的女儿还好。男人又肯干，家里积的钱不少了，去年不是又买了几亩田么？你真可以回去享福了，汤奶奶！"

"哪里的话！我们哪里说得上享福两个字！我们的婆婆待我可真不差，比自己的姆妈还好！"

这时，一声不响的刘妈插嘴道："汤奶奶待她婆婆也真是好；自

己的娘病，还不大挂
心，听说她婆婆有什
么难过，就一定要回
去看看的了！上次她婆婆还托人带
了大棉袄给她，真是疼她！"

汤妈指着刘妈向江妈道："她真可
怜！人是真好，只可惜有些太老实，常
给人欺负。她出来帮人家也是没法的。
她家里不是少吃的，穿的，只是她婆婆太厉害了，不
是打，就是骂；没有一天有好日子过。自从她男人死了，
婆婆更恨她入骨，说她是克夫。她到外边来，赛如在
天堂上！"

刘妈一声不响的听着她在谈自己的身世。栏杆外
面乌鸦还是一声苦呀苦呀在叫着，夜色已经成了深灰
色了。

"刘妈，天黑了，怎么还不点灯？天天做的事都会忘了么！"她
主妇的声音，严厉的由后房传出。

"噢，来了。"刘妈连忙的答应，慌慌张张的到后面去了。

"真作孽，像她这样的人，到处要给人欺负。"江妈说，"还好她
是个呆子，看她一天到晚总是嘻嘻的笑脸。"

"不。"汤妈说，"别看她呆头呆脑的；她和我谈起来，时时的落
泪呢。有一次，给她主妇大骂了一顿以后，她便跑到自己房里痛哭。

到了夜里，我睡时，还听见她在呜咽的抽气！"

想不到刘妈是这样的一个人，自到山中来后，我们每以她为乐天的痴呆人，往往的拿她来取笑，她也从没有发怒过，谁晓得她原是这样的一个"苦鸦子"！

这时，黑夜已经笼罩了一切。江妈说："我也要去点灯了。"

"苦呀，苦呀！"的乌鸦已经静止，大约它们是栖定在巢中了。

11 月 12 夜追记

# 不速之客

导读：

　　作者在山中度假，虽收获了与世隔绝的宁静，然而也带来了对家人的思念。他给家人写信，述说自己的思念之情，希望家人来山中陪伴。令作者喜出望外的是，妻子竟然来看望自己。文中坦言"在山中，我的情绪没有比这一时更激动得厉害的了"。全文直抒胸臆，情感真挚，让人体会到他们夫妻间真挚的感情。

这是离上海虽然不过一天的路程，但我们却以为上海是远了，很远了；每日不再听见隆隆的机器声，不再有一堆一堆的稿子待阅，不再有一束一束来往的信件。这里有的是白云，是竹林，是青山，如果镇日的靠在红栏杆上，看看山看看田野，看看书，那么，便可以完全与外面的世界隔绝。偶然的听着鸟声，或一只两只小鸟，如疾矢似的飞过槛外，或三五丛蝉声漫长的和唱着，却更足以显示出山中的静谧来。

然而我们每天却有两次或三次是要与上海外面世界接触的；一次便是早晨八时左右邮差的降临，那是照例总有几封信及一束日报递来的。如果今天邮差迟一点来，或没有信件，我们心里便有些不安逸。"我有信没有？"一见绿衣人的疾步噔噔噔的上了楼，便这样的问；有时在路上遇见了，那时时间是更早，也便以这样的问题问他。

他跑得满头是汗，从邮袋中取了信件、日报出来，便又匆匆的转身下楼了。我到了山中不到三天，已与这个邮差熟悉。因为每次送这一带地方邮件的总是他。据他说，今天上山的人不到三百。因为熟悉了，在中途向他要信时，他当然不会不给的。

再一次是下午一时左右；那时带了外面的消息来的，又是邮差，且又是同样的那一个邮差，不过这一次是靠不住的，有时来有时不来。

最后一次是夜间九时左右，那时是上海或杭州的旅客由山下坐了轿子来的时候。因为滴翠轩的一部分是旅馆，所以常常有游客来。我的房间隔壁，有两间空房，后面也有一间，这几个房间的住客是常常更换的。有时是官僚，有时是军人，有时是教育家，有时是学

生，——我还曾在茶房扫除房间时，见到一封住客弃掉的诉说大学生生活的苦闷的信——有时是商人，有时是单身，有时是带了女眷。虽然我是不大同他们攀谈的，但见了他们各式各样的脸，各式各样的举动，也颇有趣。不过他们来时，往往我们已经睡了。第二天一清晨，便听见老妈子们纷纷传说来的是什么样子的人。有事，坐谈得迟了，便也看见他们的上山。大约一二夜总有一批人来。一见轿夫挑夫的喧语，呼唤茶房的声音，楼梯上杂乱匆促的足步声，便知山客是又多了几个了。有时，坐在廊前，也看见对山有灯火荧荧的移动。老妈子们便道："又有人上山了。"刘妈道："一个，两个，还有一个。妈妈呀，轿子多着呢！今天来的人真不少啊！"这些人当然不是到滴翠轩来的，因为到滴翠轩是走老路近，而对山却是新路，轿夫们向来不走的。走新路的，都是到岭上各处别墅去的。

第一次、第二次的外面消息，是我们所最盼望的，因为载来的是与我们有关的消息。尤其热忱的来候着的是我。因为，箴没有和我同来，我几次写信去，总催她快些上山来。上海太热，是其一因，还有……

别离，那真不是轻易说的。如果你偶然孤身作客在外，如果你不是怕见你那母夜叉似的妻子，如果你没有在外眷恋了别一个女郎，你必定会时时的相思到家中的她，必定会有一种说不出的离情别绪萦挂在心头的，必定会时时的因事，因了极小极小的事，而感到一种思乡或思家之情怀的。那是每个人都是这个样子的，无庸其讳言。即使你和她向来并不怎么和睦，常常要口角几声，隔了几天，且要大闹一次的，然而到了别离之后，你却在心头翻腾着对于她的好感。别离使你忘了她的坏处。而只想到了她，特别是她的好处。也许你们一见面，仍然再要口角，再要拍桌子，摔东西的大闹，然而这时却有一根极坚固极大的无形的情线把你和她牵住，要使你们互相接近。你到了快归家时，你心里必定是"归心似箭"，你到了有机会时，必定要立刻的接了她出来同住。有几个朋友，在外间当教员的，一到暑假，经过上海回家时，必定是极匆忙的回去，多留一天也不肯。"他是急于要想和他的夫人见面呢。"大家都嘲笑似的谈着。那不必笑，换了你，也是要如此的。

这也无庸讳言，我在这里，当然的，时时要想念到她。我写了好几封信给她，去邀她来。"如果路上没有伴，可叫江妈同来。"但她回了信，都说不能来，我们大约每天总有一封信来往，有时是两封信，然而写了信，读了信，却更引起了离别之感。偶然她有一天没有信来，那当然是要整天的不安逸的。

"铎，你不在，我怎么都不舒服，常常的无端生气，还哭了几次呢。你什么时候才能回来呢？"这是她在我走了第二日写来的信。

凄然的离情，弥漫了全个心头，眼眶中似乎有些潮润，良久，良久，还觉得不大舒适。

听心南先生说，有两位女同事写信告诉她，要到山上来住。那是很好的机会，可以与箴结伴同行。我兴冲冲地写了信去约她。但她们却终于没有成行，当然她也不来了。我每天匆匆的工作着，预备早几天把要做的工做完。她既不能来，还是我早些回去吧。

有一次，我写信叫她寄了些我爱吃的东西来。她回信道："明后天有两位你所想不到的人上山来，我当把那些东西托他们带上。"

这两位我所想不到的人是谁呢？执了信沉吟了许久，还猜不出。也许是那两位女同事也要来了吧？也许是别的亲友们吧！我也曾写信去约圣陶，予同他们来游玩几天，也许竟是他们吧？

一天过去了，两天过去了，这两位还没有到，我几乎要淡忘了这事。

第三夜，十点钟的光景，我已经脱了衣，躺在床上看书。倦意渐渐迫上眼睫，正要吹灭了油灯，楼梯上突然有一阵匆促的杂乱的足步声，这足步到了房门口，停止了。是茶房的声音叫道：

"郑先生睡了没有？楼下有两位女客要找你。"

"是找我吗？"

"她说的是要找你。"

我心头扑扑的跳着。女客？那两位女同事竟来了吗？匆匆的穿上了睡衣，黑漆漆的摸到楼梯边，却看不出站在门外的是谁。

"铎，你想得到是我来了吗？"这是箴的声音，她由轿夫执的灯笼光中先看见了我，"是江妈伴了我来的。"

这真是一位完全想不到的不速之客！

在山中，我的情绪没有比这一时更激动得厉害的了。

                                        1926 年 11 月 28 日夜追记

# 山 市

导读：

　　作者在山中避暑，定做了躺椅，与老板讨价还价后，店老板不仅拖延时间，到做好时，躺椅竟短了二寸。作者向山里人问路时，没有听到实话，迷路后，保安不愿行举手之劳。原来作者在山中所见的不全是美景，也有这样不协调的画面。末尾句"山市竟是如此的寂寥的，那是我初想不到的；山中人原却并不比都市中人朴无欺诈，那也是我初想不到的"，体现了作者复杂的心情。

未至滴翠轩时，听说那个地方占着山的中腰，是上下山必由之路，重要的商店都开设在那里。第二天清晨到楼下观望时，却很清静，不像市场的样子。楼下只有三间铺子。商务书馆是最大，此外还有一家出卖棉织衣服店，一家五金店。东边是下山之路，一面是山壁，一面是竹林；底下是铁路饭店。"这里下去要到三桥埠才有市集呢。"茶房告诉我说。西边上去，竹阴密密的遮盖在小路上，景物很不坏！——后来我曾时时到这条路上散步，——但也不见有商店的影子。茶房说，由此上去，有好几家铺子，最大的元泰也在那里。我和心南先生沿了这条路走去，不到三四百余步，果然见几家竹器店，水果店，再过去是上海银行，元泰实物店及三五家牛肉庄，花边店，竹器店；如此而已。那就是所谓山市。但心南先生说，后山还有一个大市场，老妈子天天都到那里去买菜。

滴翠轩的楼廊，是最可赞许的地方，又阔又敞，眼界又远，是全座"轩"最好的所在。

一家竹器店正在编做竹的躺椅。"应该有一张躺椅放在廊前躺躺才好。"我这样想。便对着店的老板说，"这张躺椅卖不卖？"

"这是外国人定做的，您要，再替您做一张好了，三天就有。"

"照这样子，"我把身体躺在这将成的椅子上试了一试，说，"还要长个二三寸。价钱要多少。"

"替外国人做，自然要贵些，这一张是四块钱，但您如果要，可以照本给您做。只要三块八角，不能再少。"

我望望心南先生，要他还价，因为这间铺子他曾买过几件东西，算是老主顾了。

"三块钱，我看可以做了。"心南先生说。

"不能，先生，实在不够本。"

"那么，三块四角钱吧，不做随便你。"我一边走，一边说。

"好了，好了，替您做一张就是。"

"三天以后，一定要有，尺寸不能短少，一定要比这张长三寸。"

"一定，一定，我们这里不会错的，说一句是一句。请先付定洋。"

我付了定洋，走了。

第二天去看，他们还没有动手去做。

"怎么不做，来得及吗？大后天一定要的，因为等要用。"

"有的，一定有的，请您放心。"

第三天早晨上山上去，走过门前，顺便去看看，他们才在扎竹架子。

"明天椅子有没有？一定要送去的。"

"这两天生意太忙，对不起。后天给您送去吧。今天动手做，无论如何，明天不会好的。"

再过一天，见他们还没有把椅子送来，又跑去看。大体是已经做好了。老板说，"下午一定有，随即给您送来。"

躺在椅子上试了试，似乎不对，比前次的一张还要短。

"怎么更短了？"

"没有，先生。已经特别放长了。"

前次定做的那张椅子还挂在墙角，没有取去。

"把那张拿下来比比看。"我说。

一比，果然反短了二寸。不由人不生气！山里做买卖的人总以为比都市里会老实些，不料这种推测完全错误。

"我不要了，说话怎么不做准？说好放长三寸的，怎么反短了两寸！"

"先生没有短，是放长的，因为样子不同，前面靠脚处把您编的短些，所以您觉得它短了。"

"明明是短！"我用尺去量后说。

争执了半天，结果是量好了尺寸，叫他们再做一只。

两天后一定有。

这一次才没有偷减了尺寸。

每次到山脊上散步时。总觉得山后田间的景色很不坏。有一天绝早，天色还没有发亮，便起了床，自己预备洗脸水。到了一切都收拾好时，天色刚刚有些淡灰色。于是独自一人的便动身了。到了山脊，再往下走时，太阳已如大血盘似的出现于东方。山后有一个小市场，几家茶馆饭铺，几家米店，兼售青菜和鸡。还有一家肉店。集旁是一小队保安队的驻所，情况很寂寥，并不热闹。心南先生所说的市集，难道就是这里么？我有些怀疑。

由这市集再往下走，沿途风物很秀美。满山都是竹林，间有流泉淙淙的作响。有一座小桥，架于溪上，几个村姑在溪潭旁捶洗衣服。在在都可以入画。只是路途渐渐地峻峭了，毁坏了，有时且寻不出途径，一路都是乱石。走了半个钟头，还没有到山脚。头上的汗珠津津的渗出。太阳光在这边却还没有，因为是山阴。沿路一个人也没有遇到。良久，才见下面有一个穿蓝布衣的人向上走。到了临近，见他手执一个酱油瓶，知道是到市集去的。

"这里到山脚下还有多少路？"

他以怀疑的眼光望着我，答道："远呢，远呢，还有三五里路呢。你到那边有什么事？"

"不过游玩游玩而已。"

"山路不好走呢。一路上都是石子，且又高峻。"

我不理他，继续的走下去，不到半里路，却到了一个村落，且路途并不坏，较上面的一段平坦多了。不知这个人为什么要说谎。一条溪水安舒的在平地上流着，红冠的白鹅安舒的在水面上游着。一群孩子立在水中拍水为戏，嘻嘻哈哈的大叫大笑，母亲们正在水边洗菜蔬。屋上的烟囱中，升出一缕缕的炊烟。

一只村犬见了生人，汪汪的大叫起来，四面的犬应声而吠，这安静的晨村，立刻充满了紧张的恐怖气象。孩子们和母亲们都停了游戏，停了工作，诧异地望着我，几只犬追逐在后面吠叫。亏得我有一根司的克护身，才能把它们吓跑了。它们只远远的追吠，不敢走近近来。山行真不能不带司的克，一面可以为行山之助，一面又可以防身，走到草莽丛杂时，可以拨开打蛇虫之类，同时还可以吓吓犬！

沿了溪边走下去，一路都是水田，用竹竿搭了一座瓜架，就架在水面上；满架都是黄色的花，也有几个早结的绿皮的瓜。那样有趣而可爱的瓜架，我从不曾见过。再下面是一个深潭，绿色的水，莹静的停储在那里。我静静的立着，可以照见自己的面貌。高山如翠绿屏风似的围绕着三面。静悄悄的，一点人声、鸟声都没有。能在那里静立一二个钟头，那真是一种清福。但偶一抬头，却见太阳光已经照在山腰了。

一看表，已经是七点，不能不回去了。再经过那个村落时，犬和人却都已进屋去，不再看见。到了市集，却忘了上山脊的路，去问保安队，他们却说不知。保安队会不知驻在地的路径，那真有些奇闻！我不再问他们，自己试了几次，终于到达了山脊，由那里到家，便是熟路了。

回家后，问问心南先生，他们说的大市集原来果是那里。山市竟是如此的寂寥的，那是我初想不到的；山中人原却并不比都市中人朴无欺诈，那也是我初想不到的。

1926 年 11 月 28 日夜追记

海燕

1927 年"四·一二"蒋介石背叛革命，大肆屠杀共产党人、工农群众和革命知识分子。"四·一二"政变后，郑振铎为躲避因联名写信抗议蒋介石的暴行而可能遭遇的不测，被迫于 5 月 21 日乘法国邮船"阿托士"号，从上海出发逃亡到法国、英国等地将近一年半。此次同船的还有陈学昭、徐元度、袁中道、魏兆淇等，除了陈学昭外，其余三人都是在船上新结识的旅伴。在船上，他们相约把船上的见闻写成文字，"寄回给亲爱的国人和亲友"。

郑振铎这次旅法途中写的散文后来被编入 1932 年 7 月上海新中国书局出版的散文、杂论集《海燕》，包括《海燕》《离别》《同舟者》《宴之趣》《黄昏的观前街》等。其中《海燕》曾被选入课本，作者将浓浓的乡愁诉诸笔端，也将小燕子的可爱灵动、富有人性表现得淋漓尽致。

# 离别（节选）

## 导读：

1927年，中国正遭受着帝国主义列强的侵略，国民党反动派与帝国主义相互勾结，迫害革命者，爱国青年处于水深火热之中。郑振铎对祖国一片热忱，满腔热血，为了避开国民党政府的迫害，到西欧避难。离开自己热爱的祖国，当然有万分的不舍，只能用文字记下此时此刻的离别之情。本文节选了郑振铎散文《离别》的第一部分，述说了其与祖国的依依惜别之情。

别了，我爱的中国，我全心爱着的中国！我倚在高高的船栏上，看着船渐渐地离岸了，船和岸之间的水面渐渐地宽了，我看着许多亲友挥着帽子，挥着手，说着："再见，再见！"我听着鞭炮劈劈啪啪地响着，我的眼眶湿润了，我的眼泪已经滴在眼镜面上，镜面模糊了。我有一种说不出的感动。

船慢慢地向前驶着，沿途停着好几只灰色和白色的军舰。不，那不是悬挂着我们的国旗的，那是帝国主义的军舰。

两岸是黄土和青草，再过去是地平线上几座小岛。海水满盈盈的，照在夕阳之下，浪涛像顽皮的小孩儿似的跳跃不定，水面上一片金光。

别了，我爱的中国，我全心爱着的中国！

我不忍离了中国而去，更不忍在这个大时代中放弃自己应做的工作而去。许多亲爱的勇士正在用他们的血和汗建造着新的中国，正以满腔热情工作着，战斗着。我这样不负责任地离开中国，真是一个罪人！

然而，我终将在这大时代中工作的，我终将为中国而努力，而贡献我的身、我的心。我离开中国，为的是求得更好的经验，求得更好的战斗的武器。暂别了，暂别了，在各方面斗争着的勇士们，我不久将以更勇猛的力量加入到你们当中来！

当我归来的时候，我希望这些帝国主义的军舰都不见了，代替它们的是悬挂着我们的国旗的伟大的中国舰队。如果它们那时候还没有退出中国海，还没有被我们赶出去，那么，来，勇士们，我将加入你们的队伍，以更勇猛的力量，去驱逐它们，毁灭它们！

这是我的誓言！

别了！我爱的中国，我全心爱着的中国！

我不忍离了中国而去，更不忍在这大时代中放弃每人应做的工作而去，抛弃了许多亲爱的勇士在后面，他们是正用他们的血建造着新的中国，正在以纯挚的热诚，争斗着，奋击着。我这样不负责任的离开了中国，我真是一个罪人！

然而我终将在这大时代中工作着的，我终将为中国而努力，而呈献了我的身、我的心；我别了中国，为的是求更好的经验，求更好的奋斗工具。暂别了，暂别了，在各方面争斗着的勇士们，我不久即将以更勇猛的力量加入你们当中了。

当我归来时，我希望这些悬着"红日"的，"蓝白红"的，有"星点红条"的，"红蓝条交叉着"的一切旗帜的白色灰色的军舰都已不见了，代替它们的是我们的可爱的悬着我们的旗帜的伟大的舰队。

如果它们那时还没有退去中国海，还没有为我们所消灭，那么，来，勇士们，我将加入你们的队中，以更勇猛的力量，去压迫它们，去毁灭它们！

这是我的誓言！

别了，我爱的中国，我全心爱着的中国！

# 海 燕

导读：

　　乡愁是文学作品中常见的主题，鲁迅的《故乡》、叶圣陶的《藕与莼菜》、余光中的《乡愁》等名篇都寄予了作者对故乡的思念与热爱。《海燕》作于郑振铎赴欧途中，字里行间透露着作者浓浓的乡情。本文被视为郑振铎散文中借景抒情、托物言志的代表作。作者含而不露，有节制地将浓郁的乡愁融化在小燕子身上，把小燕子写得可爱灵动，富有人性。

　　乌黑的一身羽毛，光滑漂亮，积伶积俐，加上一双剪刀似的尾巴，一对劲俊轻快的翅膀，凑成了那样可爱的活泼的一只小燕子。当春间二三月，轻颸微微的吹拂着，如毛的细雨无因的由天上洒落着，千条万条的柔柳，齐舒了它们的黄绿的眼，红的白的黄的花，绿的草，绿的树叶，皆如赶赴市集者似的奔聚而来，形成了烂熳无比的春天时，那些小燕子，那末伶俐可爱的小燕子，便也由南方飞来。加入了这个隽妙无比的春景的图画中，为春光平添了许多的生趣。小燕子带了它的双剪似的尾，在微风细雨中，或在阳光满地时，斜飞于旷亮无比的天空之上，唧的一声，已由这里稻田上，飞到了那边的高柳之下了。同几只却隽逸的在粼粼如纹的湖面横掠着，小燕子的剪尾或翼尖，偶沾了水面一下，那小圆晕便一圈一圈的荡漾了开去。那边还有飞倦了的几对，闲散的憩息于纤细的电线上，——嫩蓝的春天，几支木杆，几痕细线连于杆与杆间，线上是停着几个粗而有致的小黑点，那便是燕子，是多么有趣的一幅图画呀！还有一家家的快乐家庭，他们还特为我们的小燕子备了一个两个小巢，放在厅梁的最高处，假如这家有了一个匾额，那匾后便是小燕子最好的安巢之所。第一年，小燕子来住了，第二年，我们的小燕子，就是去年的一对，它们还要来住。

　　"燕子归来寻旧垒。"

　　还是去年的主，还是去年的宾，他们宾主间是如何的融融泄泄呀！偶然的有几家，小燕子却不来光顾，那便很使主人忧戚，他们邀召不到那么隽逸的嘉宾，每以为自己运命的蹇劣呢。

这便是我们故乡的小燕子，可爱的活泼的小燕子，曾使几多的孩子们欢呼着，注意着，沉醉着，曾使几多的农人们市民们忧戚着，或舒怀的指点着，且曾平添了几多的春色，几多的生趣于我们的春天的小燕子！

如今，离家是几千里！离国是几千里！托身于浮宅之上，奔驰于万顷海涛之间，不料却见着我们的小燕子。

这小燕子，便是我们故乡的那一对，两对么？便是我们今春在故乡所见的那一对，两对么？

见了它们，游子们能不引起了，至少是轻烟似的，一缕两缕的乡愁么？

海水是皎洁无比的蔚蓝色，海波是平稳得如春晨的西湖一样，偶有微风，只吹起了绝细绝细的千万个翻翻的小皱纹，这更使照晒于初夏之太阳光之下的、金光烂灿的水面显得温秀可喜。我没有见过那么美的海！天上也是皎洁无比的蔚蓝色，只有几片薄纱似的轻云，平贴于空中，就如一个女郎，穿了绝美的蓝色夏衣，而颈间却围绕了一段绝细绝轻的白纱巾。我没有见过那么美的天空！我们倚在青色的船栏上，默默的望着这绝美的海天；我们一点杂念也没有，我们是被沉醉了，我们是被带入晶天中了。

就在这时，我们的小燕子，二只，三只，四只，在海上出现了。它们仍是隽逸的从容的在海面上斜掠着，如在小湖面上一样；海水被它的似剪的尾与翼尖一打，也仍是连漾了好几圈圆晕。小小的燕子，浩莽的大海，飞着飞着，不会觉得倦么？不会遇着暴风疾雨么？

我们真替它们担心呢!

小燕子却从容的憩着了。它们展开了双翼,身子一落,落在海面上了,双翼如浮圈似的支持着体重,活是一只乌黑的小水禽,在随波上下的浮着,又安闲,又舒适。海是它们那么安好的家,我们真是想不到。

在故乡,我们还会想象得到我们的小燕子是这样的一个海上英雄么?

海水仍是平贴无波,许多绝小绝小的海鱼,为我们的船所惊动,群向远处窜去;随了它们飞窜着,水面起了一条条的长痕,正如我们当孩子时之用瓦片打水漂在水面所划起的长痕。这小鱼是我们小燕子的粮食么?

小燕子在海面上斜掠着,浮憩着。它们果是我们故乡的小燕子么?

啊,乡愁呀,如轻烟似的乡愁呀!

1927 年 5 月 26 日夜

# 大佛寺

导读：

郑振铎先生是"五四"时期"为人生"派的重要作家。创作了许多诗歌、散文、小说，与此同时，他还是一位治学严谨、著述丰富的著名学者、教授。他一生收集、研究的古籍中，释家类的典籍多达140多种，可谓丰富而系统。他收藏的佛教典籍是明清以来许多收藏家难以企及的。从中也可以看出郑振铎对于佛教的青睐。本文写出了作者对佛教态度的变化，拜访大佛寺后，去除了自身的浮躁，成为信仰者。作者对佛教的独特体会引发了我们对于信仰的思考。

祝福那些自由思想者！

挂了黄布袋去朝山，瘦弱的老妇，娇嫩的少女，诚朴的村农，一个个都虔诚的一步一挨的，甚至于一步一拜的，登上了山；口里不息的念着佛，见蒲团就跪下去磕头，见佛便点香点烛。自由思想者站在那里看着笑着："呵，呵，那一班愚笨的迷信者。"一个蓝布衣衫，拖着长辫的农人，一进门便猛拜下去，几乎是朝了他拜着，这使他吓了一跳，便打断了他的思想。

几个教徒，立在小教堂门外唱着赞美歌，唱完后便有一个在宣讲"道理"，四周围上许多人听着，大多数是好事的小孩子们，自由思想者经过了那里，不禁嗤了一声，连站也不站的走过了。

几个教徒陪她进了大礼拜堂。礼拜堂门口放了两个大石盆，盛着圣水，教徒门用手蘸了些圣水，在胸前画了一个十字，便走进了。大殿的四周都是一方一方的小方格，立着圣像，各有一张奇形的椅子，预备牧师们听忏悔者自白用的。那里是很庄严的。然而自由思想者是漠然淡然的置之。

祝福那些自由思想者！

然而自由思想者果真漠然淡然么？

他嗤笑那些专诚的朝山者，传道者，烧香者，忏悔者；真的是！然而他果真漠然淡然么？

不，不！

黄色的围墙，庄严的庙门，四个极大的金刚神分站左右。一二人合抱不来的好多根大柱，支持着高难见顶的大殿；香烟缭绕着；

红烛熊熊的点在三尊金色的大佛之前，签筒嘀嗒嘀嗒的作响，是有几声低微的宣扬佛号之声飘过你的耳边。你是被围抱在神秘的伟大的空气中了。你将觉得你自己的空虚，你自己的渺小，你自己的无能力；在那里你是与不可知的运命，大自然，宇宙相见了。你将茫然自失，你将不再嗤笑了。

尖耸高空的高大建筑，华丽而整洁的窗户，地板，雄伟的大殿，十字架上是又苦楚又慈悲的耶稣，一对对的纯洁无比的白烛燃着。殿前是一个空棺，披罩着绣着白十字的黑布，许多教徒的尸体是将移停于此的。静悄悄的一点声响都没有；连苍蝇展翼飞过之声也会使你听见。假使你有意的高喊一声，那你将见你的呼声凄楚的自灭于空虚中。这里，你又被围抱在别一个伟大的神秘的空气中了。你受到一种不可知的由无限之中而来的压迫。你又觉得你自己是空虚，渺小，无能力。你将茫然自失，你将不再嗤笑了。

便连几缕随风飘荡的星期日的由礼拜堂传出的风琴声，赞歌声以及几声断续的由寺观传到湖上的薄暮的钟声、鼓声，也将使你感到一种压迫，一种神秘，一种空虚。

那些信仰者是有福了。

呵，我们那些无信仰者，终将如浪子似的，似秋叶似的萎落地漂流在外面么？

我不敢想，我不愿想。

我再也不敢嗤笑那些专诚的信仰者。

我怎敢踏进那些"庄严的佛地"呢？然而，好奇心使我们战胜

了这些空想，而去访问科仑布的大佛寺。

无涯的天，无涯的海，同样的甲板，餐厅，卧房，同样的人物，同样的起，餐，散步，谈话，睡，真使我们厌倦了；我们渴欲变换一下沉闷空气。于是我们要求新奇的可激动的事物。

到了科仑布，我们便去访问那久已闻名的大佛寺。我们预备着领受那由无限的主者，由庄严的佛地送来的压迫。压迫，究之是比平淡无奇好些的。

呵，呵，我们预备着怎样的心情去瞻仰这古佛，这伟佛，这只有我们自己知道。

到了！一所半西式的殿宇，灰白色的墙，并不庄严的立在南方的晚霞中。到了，我有些不信。那不是我们所想象的"佛地"，没有黄墙，没有高殿，没有一切一切，一进门是一所小园，迎面便是大卧佛所在的地方。我们很不满意，如预备去看一场大决斗的人，只见得了平淡的和解之结局一样的不满意。我们直闯进殿门。刚要揭开那白色的嵌花的门帘时，一个穿黄色的和尚来阻止了。"不，"他说，"请先脱了鞋子。"于是我们都坐到了长凳上脱下了皮鞋，用袜走进光滑可鉴的石板上。微微的由足底沁进阴凉的感触。大佛就在面前了。他慈和的倚卧着，高可一二丈，长可四五丈，似是新塑造的，油漆光亮亮的。四周有许多小佛，高鼻大脸，与中国所塑的罗汉之类的面貌很不相同。"那都是新的呢。"同行的魏君说。殿的四周都是壁画，也似乎是新画上去的。佛前有好多大理石的供桌，桌上写着某人献上，也显然是新的。

那不是我们所想象的大佛寺里的大卧佛！

不必说了，我们是错走入一个新的佛寺来了！

然而，光洁无比的供桌，堆着许多许多"佛花"，神秘的花香，一阵阵扑到鼻上来；有几个上人，带了几朵花来，放桌上，合掌向佛，低微的念念有词；风吹动门帘，那帘上所系的小铜铃，便丁零作响。我呆呆的立住，不忍立时走开。即此小小的殿宇，也给我以所预想的满足。

我并不懊悔；那便是大佛寺！那便是那古旧的大卧佛！

出门临上车时，车夫指着庭中一个大围栏说，"那还是一株圣树。"圣树枝叶披离，已是很古老了。树下是一个佛龛，龛前一个黑衣妇人，伏在地上默默的祷告着。

呵，怕吃辣的人，尝到一点辣味已经足够了。

# 阿剌伯人

导读：

　　　　作者在欧洲考察期间，途经阿剌伯大本营，船停泊在亚丁。本文记述了作者在亚丁的所见、所闻所感，通过对阿剌伯人英勇善战的遥想，表达了作者对中华民族崛起的强烈愿望，希望我们的人民与民族如期望中的那样"坚定而且勇毅"。

　　阿剌伯人曾给世界——至少是欧洲——的人类以强大的战栗过；那些骑士，跨着阿剌伯种的壮马，执着长枪，出现于无边无际的平原高原上，野风刚劲的吹拂着，黄草垂倒了它们的头，而这些壮士们凛然的向着朝阳立着，威美而且庄严，便连那映在朝阳下的黑影子也显得坚定而且勇毅，啊，那些阿剌伯人，那些人类之鹰的阿剌伯人。

　　据说，如今长枪虽然换了火枪，他们的国土虽然被掠夺于他人之手，然而他们还不减于前的勇鸷。尤其是关于劫盗的事；沙漠上如飙风似的来掠劫了旅客的宝物，又如飙风似的隐去的，是阿剌伯人。据说，阿剌伯人是那么可怕，你身边只要带了一百个佛朗，他便可以看上了你，把这些钱夺了去，还要把你的衣服剥了一个光。又，据说，由上海到马赛的一道长程的海行，就等于我们国内的长江旅行，一路上都要异常的谨慎，一不小心，便要使你失去了那旅行费，使你如鱼失了水一样的狼狈异常，不仅惊惶至于脸变了色。不用说，那又是阿剌伯人干的把戏。

啊，好不可怕的阿剌伯人，虽然这"惧怕"不大等于那中古时代人类所感到的战栗。

船由东而西，快要转折而北了，停泊的地方是亚丁。啊，亚丁，那是阿剌伯人的大本营呀！一路上，托天的福，总算一点没有损失什么，如今却不能不更注意了。

上船来的是卖杂物的黑人，那细细的黑发，紧紧的鬈曲在头上，那皮肤黑得如漆，显得那牙齿更白。夹杂在这些黑人之中的是阿剌伯人，有的瘦而微黑，有的肥胖，头上戴的是红毡的高帽子；他们是不异于印度人的，是不异于我们故乡的人的，是不异于日本人的；他们并不可怕，他们将那捐着的毛布，鸵鸟毛扇子等等，陈列在我们之前，笑嘻嘻的在邀致生意。

那还是执长枪，跨壮马，驰骋于战场之上的阿剌伯人么？

我想起来了，那天在新加坡，为我们赶马车的和慈老头子，他并不争价，多给了半个银角，便笑嘻嘻的道谢的，也正是这个样子的人，也正是一个阿剌伯人呀！

啊，好和善可亲的阿剌伯人！

我们上了岸，太阳如一个绝大的火球，投射下无限的热气在我们身上。地上是一片黄土，绝无一株绿草可见，与香港，西贡，新加坡，科仑布的情形绝不相同，那黄色的地土，也反射出无限的热气；在这上下交迫之间，我们步行不到十几步，便浑身是汗了。汗衫是湿透了，而额上的汗水尽由帽缘溜出，流得满脸都是。要用手去揩，而手背已是津津的若刚由水中伸出似的湿了。前面是一片小公园，很有布置的植种了许多树木；那树木是可怜的瘦小，那树木的枝叶是可怜的憔悴。左面是一带商店，店后便是奇形怪状的山岩，只草片苔不生的山岩，而店的隙处，便是一条通过山中而至"城内"的道路。

然而我们在寂寂悄悄的海滨大道上走着，除了洒水运货的骆驼车，除了骑在小驴子上的小阿剌伯人，除了兜揽生意的汽车夫之外，一点也没遇到什么。我们匆匆的归来，能在"阿托士"离开亚丁之前，赶得上船，还亏得是他们的指导。

那些阿剌伯人，那些和善的阿剌伯人，他们的勇鸷之心，威壮之气，难道已随了时光之飞逝而消磨净尽么？

第二天清晨，"阿托士"又停泊在耶婆地了，照样的上来许多戴红毡帽的阿剌伯人，捎了笨大的布包，黑的白的鸵鸟毛扇子，由三层楼的头等舱甲板，下到我们的甲板上来。梯口已用一个短铁栏阻住了。一位"侍者"坐在梯后，他见这一队阿剌伯商人下梯来，便立起来，用破椅上拆下的木条，猛敲他们几下。有几下是敲在梯级上了，有几下是敲在他们的腿上。他们一个个见了这突如其来的打击，便惶急的惊慌得不得了。一个个都匆急的跨过短栏去。看那惶急的样子呀，唉，我真有些不忍！然而最猛重的一下却敲在一位瘦长的老头子的手指上。他痛得只是把手来回摇抖。而捎的货物又笨大，一时不易跨过短栏。他心愈惶急，而愈不易跨过。在这时，他身上又着了一二下木条子。我把头回转了不忍看；我望着柔绿的海水，几只海鸥正呱呱若泣的啼着飞过去。我再回头时，他已立在我们的

甲板上，不住地抚摩着那一只被猛敲的手，还用口来吻润着。而他的脸上眼中，还一样的和善，一点也看不出恨怒的凶光。

我不知怎样的，心上突感着一种难名的苦楚和悲戚。

我面前现出一对的骑士，跨阿剌伯种的壮马，执着长枪，出现于无边无际的平原高原上，野风刚劲的吹拂着，黄草垂倒了他们的头，而这些壮士们凛然的向着朝阳立着，威美而且庄严，便连那映在朝阳下的影子也显得坚定而且勇毅。

啊，啊，这些阿剌伯的商贩们便是他们的苗裔么？

我不能相信，我不忍相信！

# 同舟者

导读：

本文以简洁朴实的语言，描写了作者在舟中生活的点滴，述说了自己在遇人遇事的过程中态度的转变。由"厌恶"到"怀念"的情感变化，也反映了作者在识人过程中的成长。"人都是好的"，感情真挚淳朴，也表达了作者感受到人性的美好和宽容的魅力。

今天午餐刚毕，便有人叫道："快来看火山，看火山！"

我们知道是经过意大利了，经过那风景秀丽的意大利了，来不及把最后的一口咖啡喝完，便飞快的跑上了甲板。

船在意大利的南端驶来，明显的看得见山上的树木，山旁的房屋。转过了一个弯，便又看见西西利岛的北部了；这个山峡，水是镜般平。有几只小舟驶过，那舟上的摇橹者也可明显的数得出是几个人。到了下午二时，方才过尽了这个山峡。

啊，我们是已经过意大利了，我们是将到马赛了，许多人都欣欣的喜色溢于眉宇，而我们是离家远了，更远了！

啊，我们是将与一月来相依为命的"阿托士"告别了，将与许多我们所喜的所憎的许多同舟者告别了。这个小小的离愁也将使我们难过。真的是，如今船中已是充满了别意了；一个军官走过来说：

"明天可以把椅子抛到海上了。"

一个葡萄牙水兵操着同我们说的一般不纯熟的法语道：

"后天，早上，再会，再会！"

有的人在互抄着个人的通讯地址，有的人在写着要报关的货物及衣服单，有的人在忙着收拾行装。

别了，别了，我们将与这一月来所托命的"阿托士"别了！

在这将离别的当儿，我们很想恰如其真的将我们的几个同舟者写一写，他们有的是曾给我们以许多帮忙，有的是曾使我们起了很激烈的恶感的。然而，谢上帝，我是自知自己的错误了，在我们所最厌恶者之中，竟有好几个是使我们后来改变了厌恶的态度的。愿上帝祝福他们！我是如何的自惭呀！我觉得没有一个人是压根的坏的，我们应该爱人类，爱一切的人类！

第一个使我们想起的是一位葡萄牙太太和她的公子。她是一位真胖的女子，终日喋喋多言。自从香港上船后，一般军官便立刻和她熟悉起来，有说有笑的，态度很不稳重，许多正人君子，便很看不起她。在甲板上，在餐厅中，她立刻是一个众目所注的中心人物了。然而，后来我们知道她并不是十分坏的人。在印度洋大风浪的几天，她都躺在房中没有出来。也没人去理会她——饭厅中又已有了一个

更可注目的人物了，谁还理会到她。这个后来的人物，我下文也要一写——据说，她晕船了，然而在头晕脚软之际，还勉强挣扎着为她儿子洗衣服。刚洗不到一半，便又软软的躺在床上轻叹了一口气。她同我们很好。在晕船那几天，每天天傍晚，都借了我的藤椅，躺在甲板上休息着。那几天，刚好魏也有病，他的椅子空着，我自然是很乐意的把自己所不必用的椅子借给她。她坐惯了我的椅子，每天都自动的来坐。她坐在那里，说着她的丈夫；说着她的跳舞，"别看我身子胖，许多人和我跳舞过的，都很惊诧于我的'身轻如燕'呢！"还说着她女儿时代的事；说着她剖了肚皮把孩子取出的事，说着她儿子的不听话而深为叹息。她还轻声的唱着。听见三层楼客厅里的音乐声，便双脚在甲板上轻蹬着，随了那隐约的乐声。穿过了亚丁，是风平浪静了，许多倒在床上的人都又立起来活动着，魏的病也好了。我于每日午晚二餐后，便有无椅可坐之感，然而我却是不能久立的。于是，踌躇又踌躇，有一天黄昏，只得向她开口了：

"夫人，我坐一会儿椅子可不可以。"

她立刻站起来了，说道："拿去，拿去。"

"十分对不起！"

"不要紧，不要紧。"

我把我的椅子移到西边坐着，我们的几个人都在一处。隔了不久，她又立在我们附近的船栏旁了，且久立着不走。我非常难过，很想站起来让她，然怕自此又成了例，只得踌躇着，踌躇着，这些时候是我在船上所从没有遇到的难过的心境。然而她终于走开了。自此，她有一二天不上甲板，也永远不再坐着我们的椅子。

我一见她的面，我便难过，我只想躲避了她。

她的儿子 Jim 最初也使我们不喜欢。一脸的顽皮相，我们互相说道："这孩子，我们别惹他吧。"真的，我们一个人也不曾理他。他只同些军官们闹闹。隔了好几天，他也并不见怎么爱闹。我开始见出我的错误。到西贡后，船上又来了两个较小的孩子。Jim 带领了他们玩，也不大欺侮他们。我们看不出他的坏处。在他的十岁生日时，我还为他和他的母亲照了张相。然而他母亲却终于在这日没有一点举动，也没有买一点礼物给他。在这一路上，没有见他吃过一点零食，没有见他哭过一声；对母亲也还顺和。别人上岸去，带了一包一包东西回来，他从来没有闹着要，许多卖杂物的上船来，他也从不向他的母亲要一个两个钱来买。这样的孩子还算是坏吗？我颇难过自己最初对他之有了厌恶心。学昭女士还说——他本是与她们同一个房间的——每天早晨起来时，或每晚就寝时，这个孩子，一定要做一回祷告；这个小小的人儿，穿着睡衣，赤着足儿，跪在地上箱上，或板上，低声合掌的念念有词；念完了，便睁开眼望着他母亲叫了一声"妈"！这幅画多么动人！

一位白发萧萧的老头儿，在西贡方才上船来；他的饭厅上的座位，恰好可以给我们看得见。我不晓得他有多少年纪，只看他向下垂挂着的白须，迎着由窗口吹进来的风儿，一根根的微飘着；那样的银须呀，至少增加他以十分的庄严，十二分的美貌。他没有一个朋友，镇日坐着走着，精神仿佛很好。过了几天他忽然对我们这几

个人很留意。他最先送了一个礼物来，那是由他亲手做成的，一个用线和硬纸板剪缀成的人形，把线一拉手足便会活动着。纸上还用钢笔画了许多眉目口鼻之类。老实说，这人形并不漂亮，然而这老人的皱纹重重的手中做出的礼物，我们却不能不慎重的领受着，慎重的保存着。他很好事，常常到我们桌子上来探探问问，什么在他都是新奇的；照相机也要看看，饼干也要问这是中国的或别国的，还很诧异的看着我们写字；我写着横形的字，这使他更奇怪："是中国字吗？中国是直行向下写的。"直到了我们告诉他这是新式的写法，他方才无话，然而，"诧异"似还挂在他的眉宇间。有一天，他看见一位穿着牧师的黑色的西班牙教士来探望我们，他一直注目不已。这位教士刚走出饭厅门口，他便跑来殷殷的查问了："是中国人吗？是天主教牧师吗？"人家说，老人是像孩子的。这句话真不错。他简直是一位孩子。听说——因为我没有看见——那几天他执了剪刀，硬纸板，针和线，做了不少这些活动的人形分给同饭厅的孩子们。然而没有一个孩子和他亲热，军官们，少年们，太太们，没有一个人理会他。这几天，他是由房里取出一个袋子来，独自坐在椅上，把袋子里的绒线长针都搬出，在那里一针一针的编织着绒线衣衫。他织得真不坏！这绒线衫是做了给谁的呢？我猜不出，我也不想猜。然而我每见了这位白发萧萧而带着童心的孤独的老人，我便不禁有一种无名的感动。

一位瘦瘦的男人，和一位瘦瘦的他的妻子，最惹我们讨厌。第一天上船，他们的一个小孩子便啼哭不止，几乎是整夜的哭。徐袁魏三位的房门恰对着他的房门，他们谈话的声音略高，那瘦丈夫便跑来干涉，说是怕扰了孩子的睡眠。他们门窗没有放下，那瘦丈夫又跑来说，有太太在对门不方便。这使他们非常的气愤。那样瘦得只剩皮和骷髅的脸，唇边那撇乌浓的黑胡子，一见面就使人讨厌。后来，他们终于迁居了一个房间。仿佛孩子也从此不哭了。他们夫妻俩似乎也很沉默，不大和人说话，我们也不大理会他。他们那两个孩子可真有趣。大的女孩不过五岁，已经能够做事了；当她母亲晕船的那几天，她每顿饭总要跑好几趟路，又是面包，冷水，又是菜。我见了那小小的人儿，小小的手儿，慎重其事的把大盆子大水杯子捧着，走过我的面前，我几乎要脱口的说道："小小的朋友，让我替你拿去了吧。"当然，这不过是一瞬间的幻想，并没有真的替她拿过。他们的小女孩子，那是更小了，需有人领着，才会在甲板上走。她那双天真的小黑眼，东方人的圆圆的小脸，常常笑着看着人。我不相信，她便是那位曾终夜啼哭过的孩子。

再有，上文说起过的那个胖女人；她也是由西贡上船来的。我不是说过了么，有了她一上船，那位葡萄牙太太便失了为军官们所注意的中心人物么？她胖得真可笑，身重至少比那位葡萄牙的胖太太要加重二分之一。她终日的笑声不绝，和那些军官玩笑得更加下流。我们不由得不疑心她是一个妓女。那些和她开玩笑的军官，都是存心要逗她玩玩的，只要看他们那样的和同伴们挤小眼儿便可见。然而她似乎一点也没有觉得到这些。她是真心真意的说着，笑着，唱着，闹着，快乐着，不惜以她自己为全甲板，全饭厅的笑料。没有一个

人见了她不摇摇头。她常不穿袜子，裸着半个上身，半个下身，拖着一双睡鞋，就这样的入饭厅，上甲板。啊，那肥胖到褶挂下来的黄色肌肉，走一步颤抖一下的，使我见了几乎要发呕。我躺在藤椅上，一见她走过便连忙闭了眼不敢望她一下。没有一个同舟的人比之她使我更厌恶的。有一次，她忽然和一位兔脸儿的军官大开玩笑。她收集了好几瓶的未吃的红酒，由这桌到那桌的收集着，尽往兔脸军官那送去。兔脸军官立了起来，满怀抱都是酒瓶。他做的那副神情真使人发笑。于是全饭厅的人都拍了掌。从这一天起，她便每天由这桌到那桌的收集了红酒往兔脸军官那儿送去。只有我们这个桌子，她没有来光顾过；她往往望着我们的酒瓶，我们的酒瓶早已空了。有一天，隔壁桌上的军官，故意的把水装满了一瓶放在我们桌上。她来取了，倒还机伶，先倒来一试，说道："水。"又还给我们了。总算我们的桌上，她是始终没有光顾过。后来，船到了波赛，不知什么时候她已上岸了。她的座位上换了一个讨厌的新闻记者，而饭厅里不复闻有笑声。

讲起兔脸军官，我也觉得了自己的错误，有一天他在 lavatory 门口对我说了一声 "Bonjour"，我勉强的还了一声。然而他除了和胖女人逗趣外，并无别的讨厌的事。在甲板上，他常常带领了几个孩子们玩耍，细心而且体贴。Jim 连连的捏了他的红鼻子，他并不生气，只是笑嘻嘻的，还替两个孩子造了两个小车，放在满甲板上跑，他总是嘻嘻笑的，对了我总是点头。

啊，在这里，人是没有讨厌的，我是自知自己的错误了。

然而那瘦脸的新闻记者，那因偷钱而被贬入四等舱而常到三等舱来的魔术家，我却始终讨厌他们的。

不，上帝原谅我，我并没有和他们深交，作兴他们也有可爱之处，作兴他们也有可爱之处而为我们所不知道呢！

还有许许多多的军官、同伴，帮忙我们不少的，早有别的人写了，我且不重复，姑止于此。

我在此，得了一个大教训，是：人都是好的。

# 宴之趣

导读：

　　这是一篇以作者生活感受为基础的夹叙夹议的散文。郑振铎当时称得上是文艺界的名人，社交应酬在所难免。然而出于文人情怀以及真诚的个性，他并不热衷于这些应酬，更喜欢独自小酌，或与亲友相聚。作者将参加不同宴会的心理感受刻画得淋漓尽致，让读者感同身受。我们也能在字里行间体会到作者热爱自由的个性特征。

虽然是冬天，天气却并不怎么冷，雨点渐渐沥沥的滴个不已，灰色云是弥漫着；火炉的火是熄下了，在这样的秋天似的天气中，生了火炉未免是过于燠暖①了。家里一个人也没有，他们都出外"应酬"去了。独自在这样的房里坐着，读书的兴趣也引不起，偶然的把早晨的日报翻着，翻着，看看它的广告，忽然想起去看《Merry Widow》吧。于是独自的上了电车，到派克路跳下了。

在黑漆的影戏院中，乐队悠扬的奏着乐，白幕上的黑影，坐着，立着，追着，哭着，笑着，愁着，怒着，恋着，失望着，决斗着，那还不是那一套，他们写了又写，演了又演的那一套故事。

但至少，我是把一句话记住在心上了：

"有多少次，我是饿着肚子从晚餐席上跑开了。"

这是一句隽妙无比的名句；借来形容我们宴会无虚日的交际社会，真是很确切的。

每一个商人、每一个官僚，每一个略略交际广了些的人，差不多他们的每一个黄昏，都是消磨在酒楼菜馆之中的。有的时候，一个黄昏要赶着去赴三四处的宴会；这些忙碌的交际者真是妓女一样，在这里坐一坐，就走开了，又赶到另一个地方去了，在那一个地方又只略坐一坐，又赶到再一个地方去了。他们的肚子定是不会饱的，我想。有几个这样的交际者，当酒阑灯谢、应酬完毕之后，定是回到家中，叫底下人烧了稀饭来堆补空肠的。

我们在广漠繁华的上海，简直是一个村气十足的"乡下人"；我

————
①燠（yù）暖：暖，热。

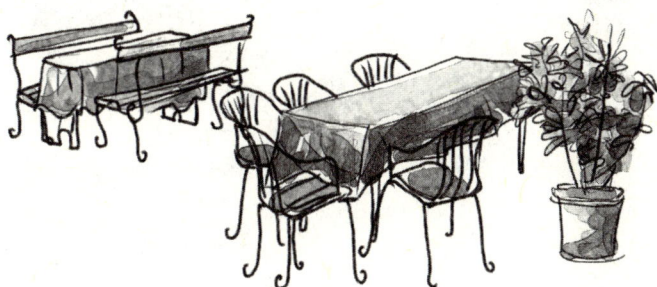

们住的是乡下，到"上海"去一趟是不容易的，我们过的是乡间的生活，一月中难得有几个黄昏是在"应酬"场中度过的。有许多人也许要说我们是"孤介"，那是很清高的一个名词。但我们实在不是如此，我们不过是不惯征逐于酒肉之场，始终保持着不大见世面的"乡下人"的色彩而已。

偶然的有几次，承一二个朋友的好意，邀请我们去赴宴。在座的至多只有三四个熟人，那一半生客，还要主人介绍或自己去请教尊姓大名，或交换名片，把应有的初见面的应酬的话讷讷的说完了之后，便默默的相对无言了。说的话都不是有着落，都不是从心里发出的；泛泛的，是几个音声，由喉咙头溜到口外的而已。过后自己想起那样的敷衍的对话，未免要为之失笑。如此的，说是一个黄昏在繁灯絮语之宴席上度过了，然而那是如何没有生趣的一个黄昏呀？

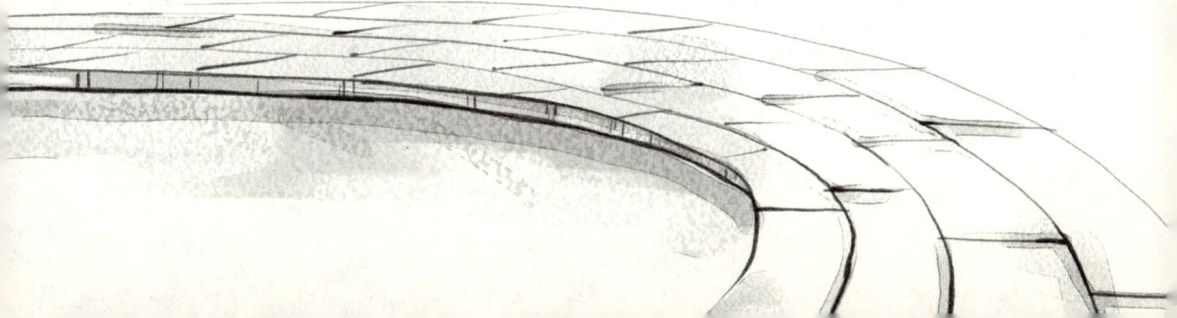

有几次，席上的生客太多了，除了主人之外，没有一个是认识的；请教了姓名之后，也随即忘记了。除了和主人说几句话之外，简直的无从和他们谈起。不晓得他们是什么行业，不晓得他们是什么性质的人，有话在口头也不敢随意的高谈起来。那一席宴，真是如坐针毡；精美的羹菜，一碗碗的捧上来，也不知是什么味儿。终于忍不住了，只好向主人撒一个谎，说身体不大好过，或说是还有应酬，一定要去的。——如果在谣言很多的这几天当然是更好托辞了，说我怕戒严提早，要被留在华界之外——虽然这是礼貌的，不大应该的，虽然主人是照例的殷勤的留着，然而我却不顾一切的不得不走了。这个黄昏实在是太难挨得过去了！回到家里以后，买了一碗稀饭，即使只有一小盏萝卜干下稀饭，反而觉得舒畅，有意味。

如果有什么友人做喜事，或寿事，在某某花园，某某旅社的大厅里，大张旗鼓的宴客，不幸我们是被邀请了，更不幸我们是太熟的友人，不能不到，也不能道完了喜或拜完了寿，立刻就托辞溜走的，于是这又是一个可怕的黄昏。常常的张大了两眼，在寻找熟人，

好容易找到了，一定要紧紧的和他们挤在一起，不敢失散。到了坐席时，便至少有两三人在一块儿可以谈谈了，不至于一个人独自的局促在一群生面孔的人当中，惶恐而且空虚。当我们两三个人在津津的谈着自己的事时，偶然抬起眼来看着对面的一个坐客，他是凄然无侣的坐着；大家酒杯举了，他也举着；菜来了，一个人说："请，请。"同时把牙箸伸到盘边，他也说，"请，请。"也同样的把牙箸伸出。除了吃菜之外，他没有目的，菜完了，他便局促的独坐着。我们见了他，总要代他难过，然而他终于能够终了席方才起身离座。

宴会之趣味如果仅是这样的，那末，我们将咒诅那第一个发明请客的人；喝酒的趣味如果仅是这样的，那末，我们也将打倒杜康与狄奥尼修士了。

然而又有的宴会却幸而并不是这样的，我们也还有别的可以引起喝酒的趣味的环境。

独酌。据说，那是很有意思的。我少时，常见祖父一个人执了一把锡的酒壶，把黄色的酒倒在白瓷小杯里，举了杯独酌着；喝了一小口，真正一小口，便放下了，又拿起筷子来夹菜。因此，他食得很慢，大家的饭碗和碗都已放下了，且已离座了，而他却还在举着酒杯，不匆不忙的喝着。他的吃饭，尚在再一个半点钟之后呢。而他喝着酒，颜微

酌着，常常叫道："孩子，来。"而我们便到了他的跟前。他夹了一块只有他独享着的菜蔬放在我们口中，问道"好吃么？"，我们往往以点点头答之，在孙男与孙女中，他特别的喜欢我，叫我前去的时候尤多。常常的，他把有了短髭的嘴吻着我的面颊，微微有些刺痛，而他的酒气从他的口鼻中直喷出来。这是使我很难受的。

这样的，他消磨过了一个中午和一个黄昏。天天都是如此。我没有享受过这样的乐趣。然而回想起来，似乎他那时是非常的高兴，他是陶醉着，为快乐的雾所围着，似乎他的沉重的忧郁都从心上移开了，这里便是他的全个世界，而全个世界也便是他的。

另一个宴之趣，是我们近几年所常常领略到的，那就是集合了好几个无所不谈的朋友，全座没有一个生面孔，在随意的喝着酒，吃着菜，上天下地的谈着。有时说着很轻妙的话，说着很可发笑的话，有时是如火如剑的激动的话，有时是深切的论学谈艺的话，有时是随意的取笑着，有时是面红耳热的争辩着，有时是高妙的理想在我们的谈锋上触着，有时是恋爱的遇合与家庭的与个人的身世使我们谈个不休。每个人都把他的心胸赤裸裸的袒开了，每个人都把他的向来不肯给人看的面孔显露出来了；每个人都谈着，谈着，谈着，只有更兴奋的谈着，毫不觉得"疲倦"是怎么一个样子。酒是喝得干了，菜是已经没有了，而他们却还是谈着，谈着，谈着。那个地方，即使是很喧闹的，很湫狭的，向来所不愿意多坐的，而这时大家却都忘记了这些事，只是谈着，谈着，谈着，没有一个人愿意先说起告别的话。要不是为了戒严或家庭的命令，竟不会有人想走开的。

虽然这些闲谈都是琐屑之至的，都是无意味的，而我们却已在其间得到宴之趣了；——其实在这些闲谈中，我们是时时可发现许多珠宝的；大家都互相的受着影响，大家都更进一步了解他的同伴，大家都可以从那里得到些教益与利益。（"再喝一杯，只要一杯，一杯。"）

"不，不能喝了，实在的。"

不会喝酒的人每每这样的被强迫着而喝了过量的酒。面部红红的，映在灯光之下，是向来所未有的壮美的丰采。

"圣陶，干一杯，干一杯。"我往往的举起杯来对着他说，我是很喜欢一口一杯的喝酒的。

"慢慢的，不要这样快，喝酒的趣味，在于一小口一小口的喝，不在于'干杯'。"圣陶反抗似的说，然而终于他是一口干了，一杯又是一杯。

连不会喝酒的愈之、雁冰，有时，竟也被我们强迫的干了一杯。于是大家哄然的大笑，是发出于心之绝底的笑。

再有，佳年好节，合家团团的坐在一桌上，放了十几双的红漆筷子，连不在家中的人也都放着一双筷子，都排着一个座位。小孩子笑滋滋的闹着吵着，母亲和祖

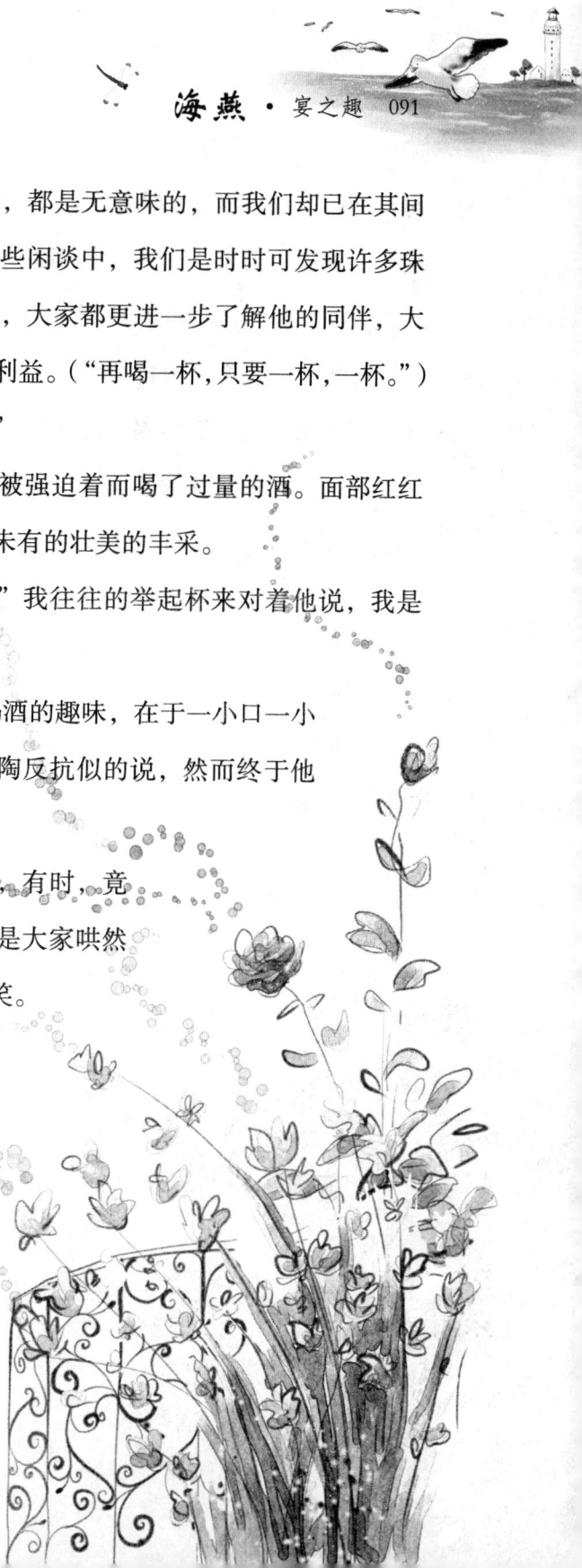

母温和的笑着，妻子忙碌着，指挥着厨房中、厅堂中仆人们的做菜，端菜，那也是特有一种融融泄泄的乐趣，为孤独者所妒羡不止的，虽然并没有和同伴们同在时那样的宴之趣。

还有，一对恋人独自在酒店的密室中晚餐；还有，从戏院中偕了妻子出来，同登酒楼喝一二杯酒；还有，伴着祖母或母亲在熊熊的炉火旁边，放了几盏小菜，闲吃着宵夜的酒，那都是使身临其境的人心醉神怡的。

宴之趣是如此的不同呀！

# 黄昏的观前街

导读：

　　郑振铎大量的旅途散文，体现出了他扎实的写作功底。每一篇旅途散文都会在朴实的文字中透露出对人生的感悟。本文先抑后扬，最后赞美黄昏中的观前街是多么随意和温馨，给人带来温暖与美好。作者身处苏州街道，想起不夜之城伦敦和巴黎，大都市的繁华与耀眼更能反衬出苏州的"燠暖温馥与亲切之感"。

那一个大都市，说得漂亮些，是乡村的气息较多于城市的。它比城市多了些乡野的荒凉况味，比乡村却又少了些质朴自然的风趣。疏疏的几簇住宅，到处是绿油油的菜圃，是蓬蒿没膝的废园，是池塘半绕的空场，是已生了荒草的瓦砾堆。晚间更是凄凉。太阳刚刚西下，街上的行人便已"寥若晨星"。在街灯如豆的黄光之下，踽踽①地独行着，瘦影显得更长了，足音也格外的寂寥。远处野犬，如豹的狂吠着。黑衣的警察，幽灵似的扶枪立着。在前面的重要区域里，仿佛有"站住！"、"口令"的呼叱声。我假如是喜欢都市生活的话，我真不会喜欢到这个地方；我假如是喜欢乡间生活的话，我也不会喜欢到这个所在。我的天！还是趁早走了吧。（不仅是"浩然"，简直是"凛然有归志"了！）

归程经过苏州，想要下去，终于因为舍不得抛弃了车票上的未用尽的一段路资，蹉跎的被火车带过去了，归后不到三天，长个子的樊与矮而美髯的孙，却又拖了我逛苏州去。早知道有这一趟走，还不如中途而下，来得便利。

我的太太是最厌恶苏州的，她说舒舒服服地坐在车上，走不了几步，却又要下车过桥了。我也未见得十分喜欢苏州；一来是，走了几趟都买不到什么好书，二来是，住在阊门②外，太像上海，而又没有上海的繁华。但这一次，我因为要换换花样，却拖他们住到城里去。不料竟因此而得到了一次永远不曾领略到的苏州景色。

①踽踽（jǔ jǔ）：形容一个人孤零零走路的样子。

②阊（chāng）门：苏州旧城历史最悠久、商业最繁华的一个街区。

我们跑了几家书铺，天色已渐渐的黑下来了，樊说："我们找一个地方吃饭吧。"饭馆里是那么样的拥挤，走了两三家，才得到了一张空桌。街上已上了灯。楼窗的外面，行人也是那么样的拥挤。没有一盏灯光不照到几堆子人的，影子也不落在地上，而落在人的身上，我不禁想起了某一个大城市的荒凉情景，说道："这才可算是一个都市！"

这条街是苏州城繁华的中心的观前街。玄妙观是到过苏州的人没有一个不熟悉的；那么粗俗的一个所在，未必有胜于北平的隆福寺，南京的夫子庙，扬州的教场。观前街也是一条到过苏州的人没有一个不曾经过的，那么狭小的一道街，三个人并列走着，便可以不让旁的人走，再加以没头苍蝇似的乱钻而前的人力车，或箩或桶的一担担的水与蔬菜，混合成了一个地道的中国式的小城市的拥挤与纷乱无秩序的情形。

然而，这一个黄昏时候的观前街，却与白昼大殊。我们在这条街上舒适的散着步，男人，女人，小孩子，老年人，摩肩接踵而过，却不喧哗，也不推拥。我所得到的苏

州印象，这一次可说是最好。——从前不曾于黄昏时候在观前街散步过。半里多长的一条古式的石板街道，半部车子也没有，你可以安安稳稳的在街心踱方步。灯光耀耀煌煌的，铜的，布的，黑漆金字的市招，密簇簇的排列在你的头上，一举手便可触到了几块。茶食店里的玻璃匣，亮晶晶的在繁灯之下发光，照得匣内的茶食通明的映入行人眼里，似欲伸手招致他们去买几色苏制的糖食带回去。

野味店的山鸡野兔，已烹制的，或尚带着皮毛的，都一串一挂地悬在你的眼前——就在你的眼前，那香味直扑到你的鼻上。你在那里，走着，走着。你如走在一所游艺园中，你如在暮春三月，迎神赛会的当儿，挤在人群里，跟着他们跑，兴奋而感到浓趣。你如在你的少小时，大人们在做寿或娶亲，地上铺着花毯，天上张着锦幔，长随打杂老妈丫头，客人的孩子们，全都穿戴着崭新的衣帽，穿梭似的进进出出，而你在其间，随意地玩耍，随意地奔跑。你白天觉得这条街狭小，在这时，你才觉得这条街狭小得妙。她将你紧压住了，如夜间将自己的手放在心头，做了很刺激的梦；她将所有的宝藏，所有的繁华，所有的可引动人的东西，都陈列在你的面前，即在你的眼下，相去不到三尺左右，而另用一种黄昏的灯纱笼罩了起来，使它们更显得隐约而动情，如一位对窗里面的美人，如一位躲于绿帘后的少女。她假如也像别的都市的街道那样的开朗阔大，那么，你便将永远感不到这种亲切的繁华的况味，你便将永远受不到这种紧紧的箍压于你的全身，你的全心的燠暖而温馥的情趣了。你平常觉得这条街闲人太多，过于拥挤，在这时却正显得人多的好处。你看人，人也看你；你的左边是一位时装的小姐，你的右边是几位随了丈夫、父亲上城的乡姑，你的前面是一二位步履维艰的道地的苏州佬，一二位尖帽薄履的苏式少年，你偶然回过头来，你的眼光却正碰在一位容光射人、衣饰华丽的少奶奶的身上。你的团团转转都是人，都是无关系的无关心的最驯良的人；你可以舒舒适适的踱着方步，一点也不用担心什么。这里没有乘机的偷盗，没有诱人入魔窘的"指导者"，也没有什么风驰电掣、左冲右撞的一切车子。每一个人都是那么安闲地散着步，散着步；川流不息地在走，肩摩踵接地在走，他们永不会猛撞着你身上而过。他们是走得那么安闲，那么小心。你假如偶然过于大意的撞了人，或踏了人的足——那是极不经见的事！他们抬眼望了望你，你对他们点点头，表示歉意，也就算了。大家都感到一种亲切，一种无损害，一种无忧无虑的生活；大家都似躲在一个乐园中，在明月之下，绿林之间，悠闲地微步着，忘记了园外的一切。

那么鳞鳞比比的店房，那么密密接接的市招，那么耀耀煌煌的灯光，那么狭狭小小的街道，竟使你抬起头来，看不见明月，看不见星光，看不见一丝一毫的黑暗的夜天。她使你不知道黑暗，她使你忘记了这是夜间。啊，这样的一个"不夜之城"！

"不夜之城"的巴黎，"不夜之城"的伦敦，你如果要看，你且去歌剧院左近走着，你且去辟加德莱园散步，准保你不会有一刻半秒的安逸；你得时时刻刻地担心，时时刻刻地提防着，大都市的灾害，是那么多，每个人都是匆匆的走马灯似的向前走，你也得匆匆地走；每个人都是紧张着，矜持着，你也自然的会紧张着，矜持着。你假如走惯了黄昏时候的观前街，你在那里准得要吃大苦头。除非你已将老脾气改得一干二净。你假如为店铺中的窗中的陈列品所迷住了，譬如说，你要站住了仔仔细细地看一下，你准得要和后面的人猛碰一下，他必定要诧异地望望你，虽然嘴里说的是"对不起"。你也得说"对不起"，然而你也饱受了他，以致他们的眼光的奚落。你如走

到了歌剧院的阶前，你如走到了那尔逊的像下，你将见斗大的一个个市招或广告牌，在闪闪发光；一片的灯光，映射得半个天空红红的。然而那里却是如此的开朗敞阔、建筑物又是那么的宏伟，人虽拥挤，却是那样的藐小可怜，出租汽车和公共汽车也如小甲虫似的，如红蚁似的在一连串地走着。大半个天空是黑漆漆的，几颗星在冷冷地睒①着眼看人。大都市的荣华终敌不住黑夜的侵袭。你在那里，立了一会儿，只要一会儿，你便将完全的领受到夜的凄凉了。像观前街那样的燠暖温馥之感，你是永远得不到的。你在那里是孤单的，是寂寞的，算不定会有什么飞灾横祸光临到你身上，假如你一不小心。像在观前街的那么舒适无虑的亲切的感觉，你也是永远不会得到的。

有观前街的燠暖温馥与亲切之感的大都市，我只见到了一个威尼斯；即在 St. Mark 方场的左近。那里也是充满了闲人，充满了紧压在你身上的燠暖的情趣的；街道也是那么狭小，也许更要狭，行人也是那么拥挤，也许更要拥挤，灯光也是那么辉辉煌煌的，也许更要辉煌。有人口口声声地称呼苏州为东方的威尼斯；别的地方，我看不出，别的时候，我看不出，在黄昏时候的观前街，我却深切地感到了。——虽然观前街少了那么弘丽的 Piazza of St. Mark，少了那么轻妙的此奏彼息的乐队。

---

①睒（shǎn）：眨眼。

蛰居散记

《蛰居散记》作于抗战胜利后不久，共收入郑振铎散文20篇，这些散文陆续发表在上海的《周报》上，1951年由上海出版公司出版。

　　郑振铎发表这部作品集是"作为暴露日本帝国主义的凶残与压迫的记录的一部分，且作为痛定思痛的纪念"。该书是郑振铎散文进入成熟期的作品，既保持了原有的风格，又扩大了生活的视野，最为珍贵的是表现了作者的民族气节。《蛰居散记》是一幅风格独特的时代生活的剪影。

# 墓影笼罩了一切

导读：

　　1937 年上海沦陷，四面被日军侵占，仅租界是日军势力未到，由英、法等国控制的地方，此时的上海已成"孤岛"。大批知识分子和文化界名人遭到迫害与威胁。郑振铎也想办法避难，本文就描述了他在这"墓影笼罩下"的生活。身处险境的他，更深切的体会到人与人之间团结、关爱的重要性，同时，他也痛斥了危急关头没有骨气的人。

"四行孤军"的最后枪声停止了。临风飘荡的国旗，在群众的黯然神伤的凄视里，落了下来。有低低的饮泣声。

但不是绝望，不是降伏，不是灰心，而是更坚定的抵抗与牺牲的开始。

苏州河畔的人渐渐的散去。灰红色的火焰还可瞭望得到。

血似的太阳向西方沉下去。

暮色开始笼罩了一切。

是群鬼出现，百怪跳梁的时候。

没有月，没有星，天上没有一点的光亮。黑暗渐渐的统治了一切。

我带着异样的心，铝似的重，钢似的硬，急忙忙的赶回家，整理着必要的行装，焚毁了有关的友人们的地址簿，把铅笔纵横写在电话机旁墙上的电话号码，用水和抹布洗去。也许会有什么事要发生。准备着随时离开家。先把日记和有关的文稿托人寄存到一位朋友家里去。

小箴已经有些懂事，总是依恋在身边。睡在摇篮里的倍倍，却还是懵懵懂懂的。看望着他们，心里浮上了一缕凄楚之感。生活也许立刻便要发生问题。

但挺直着身体，仰着头，预想着许多最坏的结果，坚定的做着应付的打算。

下午，文化界救亡协会有重要的决议，成为分散的地下的工作机关。《救亡日报》停刊了。一部分的友人们开始向内地或香港撤退。他们开始称上海为"孤岛"。但我一时还不想离开这"孤岛"。

夜里，我手提着一个小提箱，到章民表叔家里去借住。温情的招待，使我感到人世间的暖热可爱。在这样徬徨若无所归的一个时间，格外的觉到"人"的同情的伟大与"人间"的可爱可恋。各个人都是可亲的，无机心的，兄弟般的友爱着，互助着，照顾着。他们忘记了将临的危险与恐怖，只是热忱的容留着，招待着，只有比平时更亲切，更关心。

白天，依然到学校里授课，没有一分钟停顿过讲授。学生们在炸弹落在附近时。都镇定的坐着听讲，教授们在炸声轰隆，门窗格格作响时，曾因听不见语声而暂时停讲半分数秒，但炸声一息，便又开讲下去。这时，师生们也格外的亲近了；互相关心着安全。他们谈说着我们的"马其诺防线"的可靠，信任着我们的军官与士兵。种种的谣传都像冰在火上似的消融无踪。可爱的青年们是坚定的。没有凄婉，没有悲伤，只是坚定的走着应走的路。有的，走了，从军或随军做着宣传的工作。不走的，更热心的在做着功课，或做着地下的工作。他们不知恐怖，不怕艰苦，虽然恐怖与艰苦正在前面等待着他们。教员休息室里的议论比较复杂，但没有一句"必败论"的见解听得到。

春华秋实经典书系

后来，"马其诺防线"的防守，证明不可靠了；南京被攻下，大屠杀在进行。"马当"的防线也被冲破了。但一般人都还没有悲观。"信仰"维持着"最后胜利"的希望，"民族意识"坚定着抵抗与牺牲的决心。

同时，狐兔与魍魉们却更横行着。"大道市政府"成立，"维新政府"

成立。暗杀与逮捕，时时发生。"苏州河北"成了恐怖的恶魔的世界。"过桥"是一个最耻辱的名词。

汉奸们渐渐的在"孤岛"似的桥南活动着，被杀与杀人。有一个记者，被杀了之后，头颅公开的挂在电杆上示众。有许多人不知怎样的失了踪。

极小的一部分知识分子动摇了。

学生们常常来告密，某某教员有问题，某某人很可疑。但我还天真的不信赖这些"谣言"。在整个民族作着生死决战的时期，难道知识分子还会动摇变节么？这简直是不可思议的"盲猜"与"瞎想"。

但事实证明了他们情报的真确不假。

有一个早上，与董修甲相遇，我在骂汉奸，他也附和着。但第二天，他便不来上课了。再过了几天，在报上知道他已做了伪官。

张素民也总是每天见面，每天附和着我的意见，不久，也便销声匿迹，之后，也便公开的做了什么"它"了。

还有一个张某和陈柱，同受伪方的津贴，这事，我也不相信。但到了陈柱（这个满嘴的"威武不能屈，富贵不能淫"的东西）"走马上任"，张某被友人且劝且迫的到了香港发表"自首文"时，我也才觉得自己是被骗受欺了。

可怕的"天真"与对于知识分子的过分看重啊！

学生里面也出现"奸党"。好在他们都是"走马上任"去的，不屑在学校里活动；也不敢公开的宣传什么，或有什么危害。他们总不免有些"内愧"。学校里面依然是慷慨激昂的我行我素。

虽然是两迁三迁的，校址天天的缩小，但精神却很好；很亲切，很温暖，很愉快。

青年们还在举行"座谈会"什么的。也出版了些文艺刊物，还做着民众文艺的运动，办着平民夜校。和平时没有什么不同；只不过多带着些警觉性。可爱与骄傲，信仰与决心，交织成了这一时期的青年们活动的趋向。

我还每夜都住在外面。有时候也到古书店里去跑跑。偶然的也挟了一包书回来。借榻的小室里，书又渐渐的多起来。生活和平常差不了多少，只是十分小心的警觉着戒备着。

有一天到了中国书店，那乱糟糟的情形依样如旧。但伙计们告诉我：日本人来过了，要搜查《救亡日报》的人；但一无所得。《救亡日报》的若干合订本放在阴暗的后房里，所以他们没有觉察到。搜查时，汪馥泉恰好在那里。日本人问他是谁。他穿着一件蓝布长衫，头发长长的，长久不剪了，答道："是伙计。"也真像一个古书店的伙计，才得幸免。以后，那一批"合订本"便由汪馥泉运到香港去。敌人的密探也不曾再到中国书店过。亏得那一天我没有在那里。

还有一天，我坐在中国书店，一个日本人和伙计们在闲谈，说要见见我和潘博山先生。这人是清水。管文化工作的。一个伙计偷偷的问我道："要见他么？"我连忙摇摇头。一面站起来，在书架上乱翻着，装着一个购书的人。这人走了后，我向伙计们说道："以后要有人问起我或问我地址的，一概回答不知道，或长久没有来了一类的话。"为了慎重，又到汉口路各肆嘱咐过。

　　我很感谢他们，在这悠久的八年里，他们没有替我泄露过一句话，虽然不时的有人去问他们。

　　隔了一个多月，好像没有什么意外的事会发生，我才再住到家里去。

　　夜一刻刻的黑下去。

　　有人在黑夜里坚定的守着岗位，做着地下的工作；多数的人则守着信仰在等待天亮。极少数的人在做着丧心病狂的为虎作伥的事。

　　这战争打醒了久久埋伏在地的"民族意识"，也使民族败类毕现其原形。

# "野有饿殍"

导读：

郑振铎亲眼目睹了乞丐满街、饿殍一天天增加的情形，愤怒而书《野有饿殍》等文，痛斥了侵略者的罪恶。本文描绘了当时人们悲惨生活的画面，让人触目惊心。作者身为著名教授，在当时也只能以面包就白水，或以几个山芋勉强度日。作者以此文抨击了日本帝国主义和国民党反动派的罪行，体现出其浓厚的爱国之情。

乞丐到处都是，而上海尤多。职业的乞丐是有组织的，收入相当可观，绝不会饿死。非职业的乞丐，像黄包车夫的家属，女人孩子们，偶然作着这一行"生意"，找些意外的收入，那也是绝不会挨饿的。但从"八·一三"抗战以后，乞丐的数量一天天的增多，许多非职业的乞丐也都成了职业的。尽有向来饱食暖衣的人也沦入了乞丐群中。他们竞争得异常激烈，而肯"布施"的人却是那样的少——一天天的少下去。原因是"施舍者"群自己也多半陷在"朝不保夕"的情形之下，如何能够再施舍别人呢。

日本人向世界夸口说，北平的乞丐已经肃清了，市容很整洁。但从北平来的人告诉我们：乞丐在那城市里根本不能生存；有乞的，没有舍的。沦入乞丐群的人，不到几天，或十几天便都饿死了。

上海的情形也是如此。"饿殍"在一天天的增加。

中产阶级在战前吃惯杜米饭的，渐渐地改吃洋籼米，改吃面粉制品，改吃杂粮。本来是两餐吃饭，一餐吃粥的，渐渐地改作两餐粥一餐饭了。改作两餐小米粥或绿豆粥，红豆粥之类，一餐面"疙瘩"，或是面条，或南瓜饼之类了。敌人"以战养战"，把江南产米区种的米，香糯雪白的米，全都囊括而去。剩下的，小部分喂养着汉奸，极小部分才轮到百姓头上。老百姓吃的是他们所不屑吃的碎米，爽爽快快的便连米粒儿也不见，除非用大价钱在黑市上搜求。

农人们自己吃不到自己的米，应该吃米的老百姓们吃不到向来吃惯了的米，这米，一粒粒一颗颗，雪白肥大的，全都经由汉奸们的手，推到敌人的仓库里去。

有一天，我在霞飞路的一家商店，见到一大批宣传画片，有几幅题着"满洲——东亚的谷仓"的，表现着满车满地的一袋袋的粮食。愤怒使我的脸涨红，我的双眼圆睁着，我想大声疾呼道：不错，"满洲"是谷仓，可惜在那里的人，种稻的人却全都吃不到米粮，只有那批侵略者才有分量的恣意的享用着。

听说在那边，中国人是不许吃米的，即做着汉奸也不成。家有藏米的人都偷偷的吃着。儿童们上学，日本教师们突然的问道：你们昨天吃的什么东西？有的说杂粮，也有的说白米饭。第二天，说吃白米饭的儿童的家里却被抄家了，把藏的白米全都车了去，还把主人带了去治罪。从此以后，某家的人如果要吃大米饭，——这当然是万分之一中的"幸运者"——便遣开了或摒除了儿童们才吃。

还有一个故事：一个汉奸到一个日本人家里吃饭：喝醉了酒，在火车上呕吐了。被发现在呕吐物里有白米饭粒，立即把他逮捕了，追问下去，连那请客的日本人也受了处分。白米饭在东北三省是不许中国人吃的，虽然种稻的是中国人。

在北平，南京的伪组织里，也规定着哪一等官吏吃哪一种米。例如特任官可吃特号杜米，二三等的职员只好吃二等米之类。老百姓们呢，根本不配有米吃！说是实行配给制度，其实配给米的影子是难得见到的。

上海人的生活也不得好。所以，向来乞丐们在家家后门口可以拿得到的残羹剩饭，渐渐的肯施舍的人少了，渐渐的成为绝无仅有的了。一家人家难得吃一顿饭，哪里还有东西会剩下，就是剩下一

碗半碗饭的，也都要留着自己吃，如何舍得布施呢。

上海的乞丐一天天的多，事业的人川流不息的加入这一群里，但也随"生"随灭。他们活不了多久。在最近的几个月里，他们突然的减少，多半是很快地被饿死。

饿肚子的人有多少痛苦，是"饱食终日，无所用心"的人所不会了解的。但每天听着街头"饿杀哉"那惨绝人寰的声音，谁的心都不荡着一股怨气，一腔悲愤，一缕沉重的郁恨！这是我们的敌人驱赶他们到这条"饿杀"的路上去的。

"战前"的乞丐呼喊求乞的声音是洪亮实大，有种种的诉说，种种的哀怨之词，种种的特别的专门的求乞的"术语"。但在这些时候，他们，饿了几天肚子的人，实在喊叫不出什么乞怜求悯的话了，只有声短而促，仿佛气息仅存的"饿杀哉"一句话了。

我看见一个青年人，瘦得只剩下一副骨和皮，脸上剩下一对骨碌碌的无神的大眼睛，脸色是青白的，双腿抖着，挣扎的在扶墙摸壁的走着，口里低低的喊道"饿杀哉，饿杀哉"。我不忍闻的疾走过去，我没有力量帮助他。就在那一天，或第二三天，那战斗者的双腿一定会支持不住而倒了下去的，成为一个无名的"饿殍"，战争所产生的"饿殍"。

这样的"饿殍"天天在街头看见，天天在不断地倒毙下去。

我硬了心肠走过去，转避了眼睛不敢去看他们，但我咬紧了牙关：这笔账是要算在我们的敌人，我们的侵略者头上的。

# 鹈鹕与鱼

导读：

上海沦陷时期，出现了一些为敌人卖命以换得个人利益的"汉奸"。郑振铎借用鹈鹕与鱼，讽刺侵略者与汉奸，形象地揭示了敌人特工的暴行与最后不得好处的结局。作者以冷静而客观的态度，反映了沦陷区上海的现实问题。全文在写作手法上，议论抒情兼备，深入浅出地揭示了主题，堪称为郑振铎的佳作。

夕阳的柔红光，照在周围十余里的一个湖泽上，没有什么风，湖面上绿油油的像一面镜似的平滑。一望无垠的稻田。

垂柳松杉，到处点缀着安静的景物。有几只渔舟，在湖上碇泊着。渔人安闲的坐在舵尾，悠然的在吸着板烟。船头上站立着一排士兵似的鹈鹕①，灰黑色的，喉下有一大囊鼓突出来。

渔人不知怎样的发了一个命令，这些水鸟们便都扑扑的钻没入水面以下去了。

湖面被冲荡成一圈圈的粼粼小波。夕阳光跟随着这些小波浪在跳跃。

鹈鹕们陆续的钻出水来，上了船。渔人忙着把鹈鹕们喉囊里吞装着的鱼，一只只的用手捏压出来。

鹈鹕们睁着眼睛望着。

平野上炊烟四起，袅袅的升上晚天。

渔人拣着若干尾小鱼，逐一的抛给鹈鹕们吃，一口便咽了下去。

提起了桨，渔人划着小舟归去。湖面上刺着一条水痕。鹈鹕们士兵似的齐整的站立在船头。

天色逐渐暗了下去。湖面上又平静如恒。

这是一幅很静美的画面，富于诗意；诗人和画家都要想捉住的题材。

但隐藏在这静美的画面之下的，却是一个残酷可怖的争斗，生

①鹈鹕（tí hú）：水鸟，体长可达两米，羽多白色，翼大嘴长，嘴下有一个皮质的囊，可以用来兜食鱼类。

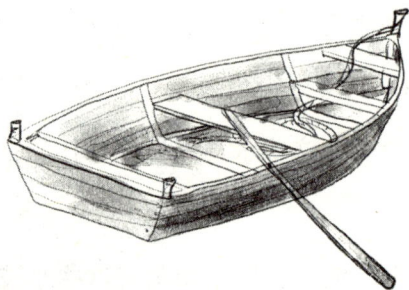

与死的争斗。

在湖水里生活着的大鱼小鱼们看来，渔人和鹈鹕们都是敌人，都是蹂躏他们，置他们于死的敌人。

但在鹈鹕们看来，究竟有什么感想呢？

鹈鹕们为渔人所喂养，发挥着它们捕捉鱼儿的天性，为渔人干着这种可怖的杀鱼的事业。它们自己所得的却是那么微小的酬报！

当它们兴高采烈的钻没入水面以下时，它们只知道捕捉，吞食，越多越好。它们曾经想到过：钻出水面，上了船头时，它们所捕捉、所吞食的鱼儿们依然要给渔人所逐一捏压出来，自己丝毫不能享用的么？

它们要是想到过，只是作为渔人的捕鱼的工具，而自己不能享用时，恐怕它们便不会那么兴高采烈的在捕捉再吞食吧。

渔人却悠然的坐在船舷，安闲的抽着板烟，等待着鹈鹕们为他捕捉鱼儿。一切的摆布，结果，都是他事前所预计着的。难道是"运

命"在拨弄着的么，渔人总是在"收着渔人之利"的；鹈鹕们天生的要为渔人而捕捉、吞食鱼儿；鱼儿们呢，仿佛只有被捕捉，被吞食的份儿，不管享用的是鹈鹕们或是渔人。

在人间，在沦陷区里，也正演奏着鹈鹕们的"为他人作嫁衣裳"的把戏。

当上海在暮影笼罩下，蝙蝠们开始在乱飞，狐兔们渐渐的由洞穴里爬了出来时，敌人的特工人员（后来是"七十六号"里的东西），便像夏天的臭虫似的，从板缝里钻出来找"血"喝。他们先拣肥的，有油的，多血的人来吮、来咬、来吃。手法很简单：捉了去，先是敲打一顿，乱踢一顿，——掌颊更是极平常的事——或者吊打一顿，然后对方的家属托人出来说情。破费了若干千万，喂得他们满意了，然后才有被释放的可能。其间也有清寒的志士们只好挺身牺牲。但不花钱的人恐怕很少。

某君为了私事从香港到上海来，被他们捕捉住，作为重庆的间谍看待。囚禁了好久才放了出来。他对我说：先要用皮鞭抽打，那尖长的鞭梢，内里藏的是钢丝，抽一下，便深陷在肉里；抽了开去时，留下的是一条鲜血痕。稍不小心，便得受一掌、一拳、一脚。说时，他拉开裤脚管给我看，大腿上一大块伤痕，那是敌人用皮靴狠踢的结果。他不说明如何得释，但恐怕不会是很容易的。

那些敌人的爪牙们，把志士们乃至无数无辜的老百姓们捕捉着，吞食着。且偷、且骗、且抢、且夺的，把他们的血吮着、吸着、喝着。

爪牙们被喂得饱饱的，肥头肥脑的，享受着有生以来未曾享受过的"好福好禄"。所有出没于灯红酒绿的场所，坐着汽车疾驰过街的，大都是这些东西。

有一个坏蛋中的最坏的东西，名为吴世宝的，出身于保镖或汽车夫之流，从不名一钱的一个街头无赖，不到几时，洋房子有了，而且不止一所；汽车有了，而且也不止一辆；美妾也有了，而且也不止一个。有一个传说，说他的洗澡盆是用银子打成的，金子熔铸的食具以及其他用具，不知有多少。

他享受着较桀纣还要舒适奢靡的生活。

金子和其他的财货一天天的多了，更多了，堆积得恐怕连他自己也不知其数。都是从无辜无告的人那里榨取偷夺而来的。

怨毒之气一天天的深，有无数的流言怪语在传播着。

群众们侧目而视，重足而立；吴世宝这三个字，成为最恐怖的"毒物"的代名词。

他的主人（敌人），觉察到民怨沸腾到无可压制的时候，便一举手的把他逮捕了，送到监狱里去。他的财产一件件的被吐了出来。——不知到底吐出了多少。等到敌人，他的主人觉得满意了，而且说情人也渐渐多了，才把他释放出来。但在临释的时候，却唆使猘狗咬断了他的咽喉。他被护送到苏州养伤，在受尽了痛苦之后，方才死去。

这是一个最可怖的鹈鹕的下场。

敌人博得了"惩"恶的好名，平息了一部分无知的民众的怨毒的怒火，同时却获得了吴世宝积恶所得的无数掳获物，不必自己去搜括。

春华秋实经典书系

这样的效法喂养鹈鹕的渔人的办法，最为恶毒不过。安享着无数的资产，自己却不必动一手，举一足。

鹈鹕们一个个的上场，一个个的下台。一时意气昂昂，一时却又垂头丧气。

然而没有一个狐兔或臭虫视此为前车之鉴的。他们依然的在搜括、在捕捉、在吞食，不是为了他们自己，却是为了他们的主人。

他们和鹈鹕们同样的没有头脑，没有灵魂，没有思想。他们一个个走上了同样的没落的路，陷落在同一的悲惨的命运里。然而一个个却都踊跃的向坟墓走去，不徘徊，不停步，也不回头。

# 最后一课

导读：

　　1935 年，郑振铎受暨南大学校长何炳松的邀请，任暨南大学文学院院长，举家迁往上海。1941 年 12 月 8 日，太平洋战争爆发，日军占领上海租界，当时暨南大学正位于租界内。校方负责人决议：当看到一个日本兵或者一面日本国旗经过校门时，立即停课，将大学关闭。此时担任该校文学院院长的郑振铎上演了都德小说中的一幕——最后一课。这一课讲得格外亲切、清朗，这是他在暨南大学的最后一堂课，也是他教书生涯的最后一课。郑振铎取材于自己的亲身经历，记录了 1941 年 12 月 8 日，这个令世界都铭记的一天，在中国学校发生的故事。全文情感真挚，处处流露出深沉的爱国情怀，是现代散文的佳作。

　　口头上慷慨激昂的人，未见得便是杀身成仁的志士。无数的勇士，前仆后继的倒下去，默默无言。

　　好几个汉奸，都曾经做过抗日会的主席，首先变节的一个国文教师，却是好使酒骂座、惯出什么"富贵不能淫，威武不能屈"一类题目的东西；说是要在枪林弹雨里上课，绝对的宁为玉碎，不为瓦全的一个校长，却是第一个屈膝于敌伪的教育界之蟊贼。

　　然而默默无言的人们，却坚定的作着最后的打算，抛下了一切，千山万水的，千辛万苦的开始长征，绝不作什么为国家保存财产、文献一类的借口的话。

　　上海国军撤退后，头一批出来做汉奸的都是些无赖之徒，或愍不畏死的东西。其后，却有"我不入地狱谁入地狱"的维持地方的人物出来了。再其后，却有以"救民"为幌子，而喊着同文同种的合作者出来。到了珍珠港的袭击以后，自有一批最傻的傻子们相信着日本政策的改变，在做着"东亚人的东亚"的白日梦，吃尽了"独苦"，反以为"同甘"，被人家拖着"共死"，却糊涂到要挣扎着"同生"。其实，这类的东西也不太多。自命为聪明的人物，是一贯的料用时机，作着升官发财的计划。其或早或迟的蜕变，乃是作恶的勇气够不够。或替自己打算得周到不周到的问题。

　　默默无言的坚定的人们，所想到的只是如何抗敌救国的问题，压根儿不曾梦想到"环境"的如何变更，或敌人对华政策的如何变动、改革。

　　所以他们也有一贯的计划，在最艰苦的情形之下奋斗着，绝对的不做"苟全"之梦；该牺牲的时机一到，便毫不踌躇的踏上应走的大道，义无反顾。

十二月八号是一块试金石。

这一天的清晨，天色还不曾大亮，我在睡梦里被电话的铃声惊醒。

"听到了炮声和机关枪声没有？" C 在电话里说。

"没有听见。发生了什么事？"

"听说日本人占领租界，把英国兵缴了械，黄浦江上的一只英国炮舰被轰沉，一只美国炮舰投降了。"

接连的又来了几个电话，有的是报馆里的朋友打来的。事实渐渐的明白。

英国军舰被轰沉，官兵们凫水上岸，却遇到了岸上的机关枪的扫射，纷纷的死在水里。

日本兵依照着预定的计划，开始从虹口或郊外开进租界。

被认为孤岛的最后一块弹丸地，终于也沦陷于敌手。

我匆匆的跑到了康脑脱路的暨大。

校长和许多重要的负责者们都已经到了。立刻举行了一次会议。简短而悲壮的，立刻议决了：

"看到一个日本兵或一面日本旗经过校门时，立刻停课，将这大学关闭结束。"

太阳光很红亮的晒着，街上依然的熙来攘往，没有一点异样。

我们依旧的摇铃上课。

我授课的地方，在楼下临街的一个课室，站在讲台上，可以望

得见街。

学生们不到的人很少。

"今天的事，"我说道，"你们都已经知道了吧，"学生们都点点头。"我们已经议决，一看到一个日本兵或一面日本旗经过校门。立刻便停课，并且立即的将学校关闭结束。"

学生们的脸上都显现着坚毅的神色，坐得挺直的，但没有一句话。

"但是我这一门功课还要照常的讲下去。一分一秒也不停顿，直到看见了一个日本兵或一面日本旗为止。"

我不荒废一秒钟的工夫，开始照常的讲下去。学生们照常的笔记着，默默无声的。

这一课似乎讲得格外的亲切，格外的清朗，语音里自己觉得有点异样；似带着坚毅的决心，最后的沉着；像殉难者的最后的晚餐，像冲锋前的士兵们的上了刺刀，"引满待发"。

然而镇定，安详，没有一丝的紧张的神色。该来的事变，一定会来的。一切都已准备好。

谁都明白这"最后一课"的意义。我愿意讲得愈多愈好；学生们愿意笔记记得愈多愈好。

讲下去，讲下去，讲下去。恨不得把所有的应该讲授的东西，统统在这一课里讲完了它；学生们也沙沙的不停的在抄记着。心无旁用，笔不停挥。

别的十几个课室里也都是这样的情形。

对于要"辞别"的，要"离开"的东西，觉得格外的恋恋。黑板显得格外的光亮，粉笔是分外的白而柔软适用，小小的课桌，觉得十分的可爱，学生们靠在课椅的扶手上，抚摩着，也觉得十分的难分难舍。那晨夕与共的椅子，曾经在扶手上面用钢笔、铅笔或铅笔刀，有意识或无意识的涂写着，刻划着许多字或句的，如何舍得一旦离别了呢！

街上依然的平静，我就像一只趴在玻璃上的苍蝇，前途一片光明，但又找不到出路光鲜，小贩们不时的走过，太阳光很有精神的晒着。

我的表在衣袋里低低的嗒嗒的走着，那声音仿佛听得见。

没有伤感，没有悲哀，只有坚定的决心，沉毅异常的在等待着，等待着最后一刻的到来。

远远的有沉重的车轮碾地的声音可听到。

几分钟后，有几辆满载着日本兵的军用车，经过校门口，向东向西，徐徐的走过，当头一面旭日旗，血红的一个圆圈，在迎风飘荡着。

时间是上午十时三十分。

我一眼看见了这些鬼子走过去，立刻挺直了身体，作着立正的姿势，沉毅的阖上了书本，以坚决的口气宣布道：

"现在下课！"

学生们一致的立了起来，默默的不说一句话；有几个女生似在低低的啜泣着。

没有一个学生有什么要问的，没有迟疑，没有踌躇，没有彷徨，没有顾虑。各个人都已决定了应该怎么办，应该向哪一个方面走去。

赤热的心，像钢铁铸成似的坚固，像走着鹅步的仗仗队似的一致。

从来没有那末无纷纭的一致的坚决过，从校长到工役。

这样的，光荣的国立暨南大学在上海暂时结束了她的生命。默默的在忙着迁校的工作。

那些喧哗的慷慨激昂的东西们，却在忙碌的打算着怎样维持他们的学校，借口于学生们的学业，校产的保全与教职员们的生活问题。

# 烧书记

## 导读：

抗战时期的上海，不少知识分子、学者为了保命，不得不烧毁自己心爱的藏书。这对于嗜书如命的郑振铎来说，痛苦至极。他留在这孤岛，为了民族抢救古籍，使其不至于流落到国外，付出了大量心血。这样一位收藏家、爱书者，他亲眼看见了上海开明书店的八十余箱、近两千种、一万多册的藏书毁于大火。《烧书记》，记录了这件痛心的经历，痛斥了造成这一劫难的侵略者，从学者角度说明，文化的传承是烧不尽的。

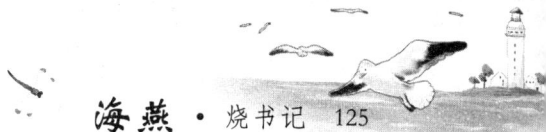

我们的历史上，有了好几次大规模的"烧书"之举。秦始皇帝统一六国后，便来了一次烧书。"史官非《秦纪》，皆烧之。非博士官所职，天下敢有藏《诗》《书》百家语者，悉诣守尉杂烧之。有敢偶语《诗》《书》者弃市。以古非今者族。吏见知不举者与同罪。令下三十日，不烧，黥为城旦。所不去者，医药卜筮种树之书，若欲有学法令，以吏为师。"这是最彻底的烧书，最彻底的愚民之计，和一般殖民地政府不设立大学而只开设些职业、工艺学校者，有异曲同工之妙。此后，烧书的事，无代无之。有的烧历史文献，以泯篡夺之迹；有的烧佛教、道教的书，以谋宗教上的统一，有的烧淫秽的书，以维持道德的纯洁。近三百年，则有清代诸帝的大举烧书。我们读了好几本的所谓"全毁"、"抽毁"书目，不禁凛然生畏；至今尚觉得在异族铁蹄下的文化生活的如何窒塞难堪！

"八·一三"后，古书、新书之被毁于兵火之劫者多矣。就我个人而论，我寄藏于虹口开明书店里的一百多箱古书，就在八月十四日那一天被烧，烧得片纸不存。我看见东边的天空，有紫黑色的烟云在突突地向上升，升得很高很高，然后随风而四散，随风而淡薄，被烧的东西的焦渣，到处地飘坠。其中就有许多有字迹的焦纸片。我曾经在天井里拾到好几张，一触手便粉碎；但还可以辨识得出些字迹，大约是教科书之类居多。我想，我的书能否捡得到一二张烧焦了的呢？——那时，我已经知道开明书店被烧的情形——当然，这想头是很可笑的。就捡的到了又有什么意义：还不是徒增怃怏与愤激么？

这是兵火之劫；未被劫的还安全的被保存着。所遭劫的还只是些不幸的一二隅之地。但到了"一二·八"敌兵占领了旧租界后，那情形却大是不同了。

我们听到要按家搜查的消息，听到为了一二本书报而逮捕人的消息，还听到无数的可怖的怪事，奇事，惨事。

许多人心里都很着急起来，特别是有"书"的人家。他们怕因"书"而惹祸，却又舍不得割爱，又不敢卖出去——卖出去也没有人敢要。有好几个友人，天天对书发愁。

"这部书会有问题么？"

"这个杂志留下来不要紧么？"

"到底是什么该留的，什么不该留的？"

"被搜到了，有什么麻烦没有？"

各个人在互相的询问着，打听着。但有谁能够说明哪几部书是有问题的，或哪些东西是可留的呢？

我那时正忙于烧毁往来的信件，有关的记载，和许多报纸、杂志及抗日的书籍——连地图也在内。

我硬了心肠在烧。自己在壁炉里生了火，一包包，一本本，撕碎了，扔进去，眼看它们烧成了灰，一蓬蓬的黑烟从烟筒里冒出来，烧焦了的纸片，飞扬到四邻，连天井里也有了不少。

心头像什么梗塞着，说不出的难过。但为了特殊的原因，我不能不如此小心。

连秋白送给我的签了名的几部俄文书，我也不能不把它们送进

壁炉里去。

我觉得自己实在太残忍了！我眼圈红了不止一次，有泪水在落。是被烟熏的吧？

实在舍不得烧的许多书，却也不能不烧。踌躇又踌躇，选择又选择，有的头一天留下的，到了第二三天又狠了心把它们烧了。有的，已经烧了，心里却还在惋惜着，觉得很懊悔，不该把它们烧去。

但有了第一次淞沪战争时虹口、闸北一带的经验——有《征倭论》一类的书而被杀，被捉的人不少——自然不能不小心。对于发了狂的兽类，有什么理可讲呢！

整整的烧了三天。我翻箱倒箧的搜查着，捧了出来，动员孩子们在撕在烧。

"爸爸，这本书很好玩，留下来给我吧。"孩子们在恳求着。

我难过极了！我也何尝不想留下来呢？但只好摇摇头，说道："烧了吧，下回去买好一点的书给你。"

在这时候，就有好些住在附近的朋友们在问，什么书该烧，什么书不必烧。

我没法回答他们，领了他们到壁炉边去。

"你自己看吧。我在烧着呢。但我的情形不同。你自己斟酌着办吧。"这一场烧书的大劫，想起来还有余栗与余憾。

不烧，不是至今还无恙么？

但谁能料得到呢？

把它们设法藏到别的地方去吧。

但为什么要"移祸"呢？这是我绝对不肯做的事。

这是我不能不狠心动手烧的原因。

但也实在有些人把自认为"不安全"的书寄藏到别人家里去的。

这还是出于自动的烧。究竟自动烧书的人还不多，大量的"违碍"的书报还储藏在许多人家里。有许多人不肯烧，不想烧，也有人不知道烧，甚至有人压根儿没有想到这件事。

过了不久，敌人的文化统制的手腕加强了。他们通过了保甲的组织，挨户按家的通知，说：凡有关抗日的书籍，杂志，日报等等，必须在某天以前，自动烧毁或呈缴出来。否则严惩不贷。

同时，在各书店，各个图书馆，搜查抗日书报，一车车的载运而去，不知运向何方，也不知它们的命运如何。

这一次烧书的规模大极了！差不多没有一家不在忙着烧书的。他们不耐烦呈缴出去，只有出于烧书一途。最近若干年来的报纸、杂志遭劫最甚。有许多人索性把报纸、杂志全都烧毁了，免得惹起什么麻烦。

外间谣传说，连包东西的报纸，上面有了什么抗日的记载，也要追究，捕捉的。

因之，旧报纸连包东西的资格也被取消了。

最可怜的是，有的朋友已经到了内地去，他们的书籍还藏在家里，或寄存在某友处。家里的人到处打听，问要紧不要紧，甚至去问保甲处的人。他们当然说要紧的，甚至还加上些恫吓的话。

于是，不分青红皂白的，他们把什么书全都付之一炬；只要是

有字的，无不投到了火炉里去。

记得清初三令五申的搜求"禁书"的时候，有些藏书家的后人，为了省得惹祸，也是将全部古书整批的烧了去。

这个书劫，实在比兵，比火，比水等等大劫更大的多，更普遍而深入得多了！

这样纷扰了近一个多月，始终不曾见敌伪方面有什么正式的文告。又有人说，这是出于误会，日本人方面并没有这个意思。

于是烧书的火渐渐的又灭了，冷了，终至不再有人提起这件事。

不烧的人，忘了烧的人，特地要小心保存这类抗日文献的人，当然也有。

许多抗日文献还保存得不少。像《文汇年刊》之类，我家里便还保存着，忘记了烧。

书如何能烧得尽呢？"野火烧不尽，春风吹又生。"以烧书为统制的手法，徒见其心劳而已。

但愿这种书劫，以后不再有。

# "封锁线"内外

## 导读：

1937年日军占领上海以后，马上开始了严密的控制。日军沿着中山路的大圈建立了漫长的封锁线，把上海市区和周边隔离开来，严格控制人口和物资的出入。一条封锁线，隔着两边，隔开了"生"与"死"。

　　"生"与"死",刻画得像黑白画似的明显清晰的同在着:这一边熙熙攘攘,语笑欢哗,那一边凄凉冷落,道无行人;这一边是生气勃勃,那一边是死趣沉沉;这一边灯火通明,摊肆林立,那一边家家闭户,街灯孤照;这一边是现实的人间,活泼的世界,那一边却是"别有天地"的"黄泉"似的地狱了。

　　"生"与"死",面对面的站立着,从来没有那么相近,那么面对面的同时出现过。

　　它们之间相隔的不过是一堵墙,一道门,甚至不过一条麻绳,或几只竹架,或一道竹篱笆。惨痛绝伦的故事就在那一堵墙,一道门,或一条麻绳的一边演出;而别一边却在旁观着,无可奈何,无能为力。

　　这封锁线,在上海,有大小圈之分;大的一圈包括四郊在内,小的一圈包括旧公共租界及旧法租界。临时的更小的封锁线却时时的在建立着,也不时的被撤除。

　　我没有进出过那大小两封锁线。听说,进出口的地方,都有敌兵在站岗,经过的人一定要对他脱帽行礼。无辜的被扣留,不许通过,无辜的被殴辱,被掌颊,拳打,脚踢,被枪柄击,甚至,被刺刀杀死的事,时时发生。

有一次，一个大雪天，一个归家的旅人，偷偷的越过竹篱笆。当夜，不曾被发觉。第一天，巡逻的敌兵经过，跟循着雪地上的足迹，到了他家，把这人捉住，不问情由的当场斩首，悬在竹篱笆上示众。

米贩子被阻止，被枪杀的故事，听到的更多。一个车夫告诉我：他经过封锁线时，眼见一个十三四岁的童子，负着一小袋米，被敌兵把米袋夺下，很随便的把刺刀戳进这童子的肚子上。惨叫不绝。没有一个人敢回头看一眼。后来，这半死的童子被抛进附近的一条小河里去了。

更惨的是，被刺刀杀而未死的人，一直被抛在地上，任他喊叫着多少天才死去。没有一个人赶去救，敢去问一声讯。

南市某一个地方被封锁，经过了好久的才开放。

封锁线内，饿死了不少人。但没有一个人敢于越线而逃出。有人向线内抛进馒头一类的食物，但也不能救活多少人。默默地被拦

在"死亡线"内；默默地受饥饿而死。这不可思量的可怕的耐受苦难与厄运的精神啊！

为了一件小小的盗窃案或私人暗杀案，也往往造成敌人把上海最繁华地带封锁了十天八天的。大新公司至先施公司的一段，便这样的被封锁了不止两次三次。有种种最残酷、最恐怖的传说流行着。

多少人不知怎样的便失踪了；多少人便无缘无故的被饿死在街上衢间了！

我亲自看见一幕浦石路被封锁的情形。

在一个夜间，有一个住在那个地方的伪军军官被暗杀。这个事件一发生，那一带立刻便被封锁。出事的地点的四周都用一根麻绳拦住。居民们总有十万人以上被阻止不能进出。

访友进去的，无端的不能归去了；出外办事的人，无端的到了街口，不得其门而入。最惨的是：小贩们和人力车夫们，只好在冷清清的街上徘徊着，彷徨无措，茫然着睁着大眼睛，望着封锁线外，一筹莫展。最后，还被赶到小弄里去。那恐怖失神的一双双眼睛，简直像牵到屠场去的牛群。我不敢多看，也不能多想象。我只有满腔的愤怒。

这种封锁，平常总在十天左右便开放了。开放的条件据说是若千百万的私赂。

临时的封锁，自二三小时至半天左右的，成了"司空见惯"的把戏。

有一天，我到三马路的一家古书铺去。已可望见铺门了，突然的叫笛乱吹，一对敌人的宪兵和警察署的汉奸们，把住了路的两头，不许街上的任何一个人走动。古书铺里的人向我招手，我想冲过街去，但被命令站住了。汉奸们令街上的人排成了两排，男的一边，女的一边：各把市民证执在手上。敌兵荷枪站在那里监视着。汉奸们把一个个的人检查，盘问着。挟着包裹或什么的，都一一的被检查过。发现了几个没有带市民证的，把他们另外提到一边去，开始严厉地盘诘。

"市民证忘记了带出来。"

啪，啪，啪的一连串的挨了嘴巴，或用脚乱踢一顿。

一个人略带倔强的态度，受打得格外厉害。一下下掌颊的响声，使站在那一边的我，捏紧了拳头，涨红了脸；心腔中的血都要直奔出来。假如我执有一支枪啊！……

我也不会忘记，那个穿着黑色短衣裤的家伙或东西，喂得胖胖的，他的肥硬的手掌，打人打得最凶，那"助纣为虐"的东西，实在比敌人还要可恶可恨十倍。

！

好容易审诘完毕，又是一声长长的叫笛一响，那一批东西向北走，又向别的地域干着同样的把戏去了。

被封锁住的人们，吐了一口长气，如释重负。

我走进那家古书铺，双手还因受刺激而发抖着。

这样的情形，天天有得遇到。

早上出外做事的人，带着自己的生命和命运同走，不知晚上究竟能不能回家。等到踏进了自己家门口，才能确切的知道，这一夜

算是他自己的了。

在敌人的铁蹄蹂躏之下，谁的生命会有保障呢？

这样的封锁线，天天不同的在变换着。谁也不能料到，今天在封锁线外的，明天或后天会不会被圈划进封锁线内去，默默地受苦受难，默默的受饥饿而死去。

在敌人的后方，生命的主权是不握在自己的手里的。随时随地，最可怖的命运便会降临到他的和他的一家的身上。

"生"和"死"，那间隔是如此的相近啊！

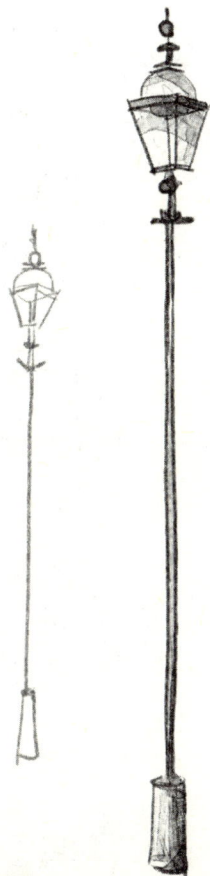

# 秋夜吟

导读：

　　《秋夜吟》是散文集《蛰居散记》中别具一格的作品，它不同于《我的邻居们》《记几个遭难的朋友们》等文章蕴含着作者强烈的政治情感诉求。本文里没有过激的情感抒发与时代背景的记述，而是将大时代氛围作为凸显师生情谊的铺垫，写出我和学生小石一起夜游的情景。全文语言活泼清新，富有生活情趣，读起来像在听一位长者述说家常，平易亲切，委婉动听。

幸亏找到小石。这一年的夏天特别热，整个夏天我以面包和凉开水作为午餐；等太阳下去，才就从那蛰居小楼的蒸烤中溜出来，嘘一口气，兜着圈子。走冷僻的路到他家里，用我们的话，"吃一顿正式的饭"。

小石是一个顽皮的学生，在教室里发问最多，先生们一不小心，就要受窘。但这次在忧患中遇见，他却变得那么沉默寡言了。既不问我为什么不到内地去，也不问我在上海还有什么任务，当然不问我为什么不住在庙弄，绝对不问我如今住在什么地方。

我突然的找到他了，突然每晚到他家里吃饭了，然而这仿佛是平常不过的事，早已如此，一点不突然。料理饮食的也是小石一位朋友的老太太，我们共同享用着正正式式的刚煮好的饭，还有汤，——那位老太太在午间从不为自己弄汤菜，那是太奢侈了。——在那里，我有一种安全的感觉。直到有一次我在这"晚宴"上偶然缺席，第二天去时看到他们的脸上是怎样从焦虑中得到解放，才知道他们是如何理解我的不安全。那位老太太手里提着铲刀，迎着我说："哎呀，郑先生，您下次不来吃饭最好打电话来关照一声啊，我们还当您怎么了呢。"

然而小石连这个也不说。

于是只好轮到我找一点话，在吃过晚饭以后，什么版画，元曲，变文，老庄哲学，都拿来乱谈一顿，自己听听很像是在上文学史之类，有点可笑。

于是我们就去遛马路。

有时同着二房东的胖女孩，有时拉着后楼的小姐 L，大家心里舒舒坦坦的出去"走风凉"，小石是喜欢魏晋风的，就名之谓"行散"。

遛着遛着也成为日课，一直到光脚踏屐的清脆叩声渐渐冷落下来，后门口乘风凉的人们都缩进屋里去了，我们行散的性质依然不减。

秋天的黄昏比夏天的更好，暮霭像轻纱似的一层一层笼罩上来，迷迷糊糊的雾气被凉风吹散。夜了，反觉得亮了些，天蓝得清清静静，撑得高高的，嵌出晶莹皎洁的月亮，真是濯心涤神，非但忘却追捕、躲避、恐怖、愤怒，直要把思维上腾到国家世界以外去。

我们一边走着，一边谈性灵，谈人类的命运，争辩月之美是圆时还是缺时，是微云轻抹还是万里无垠……

小石的住所朝南朝南再朝南，是徐家汇路，临着一条河，河南大都是空地和田，没有房子遮着，天空更畅得开。我们从打浦桥顺着河沿往下走往下走，把一道土堆算城墙，又一幢黑魆魆的房屋算童话里的堡垒，听听河水是不是在流。

走得微倦，便靠在河边一株横倒的树干上，大家都不谈话。

可是一阵风吹过来，夹着河水污浊的气味，熏得我们站起来。这条河在白天原是不可向迩的。"夜只是遮盖，现实到底是现实，不能化朽腐为神奇！"小石叹了口气。

觉着有点凉，我随手取起了放在树干上的外衣，想穿。"嘎！"L叫了起来："有毛毛虫。"外衣上附着两只毛虫呢，连忙抖拍下去。大家一阵忙，皮肤起着栗，好像有虫在爬。

"不要神经过敏，听，叫哥哥在叫呢。"

"不，那是纺织娘。"

"哪里，那一定是铜管娘。"

"什么铜管娘，昆虫学里没有的名字。"

其实谁也没有研究过昆虫学。热心的争论起来了，把毛毛虫的不快就此抖掉。

"听，那边更多呢。""那边更多呢。"

一路倾听过去，忽然有一个孩子的声音叫：

"在这里了。"

那是一个穿了睡衣裤的小孩，手里执着小竹笼，一条辫子梢上还系着红线，一条辫子已经散了，大概是睡了听了叫哥哥叫的热闹又爬起来的。

"你不要动，等我捉。"铁丝网那边的丛莽中有一个男人在捉，看样子很是外行，拿了盒火柴，一根根划着。

秋虫的声音到处都是，可是去捉呢，又像在这里，又像在那里，孩子怕铁丝网刺他，又急着捉不到，直叫。

小石也钻进丛莽里去了。

一个骑自行车的人经过，也停了下来，放好了车，取下了车上的电石灯，也加入去捉了。

这人可是个惯家，捉了一会儿，他说，"不行，这样，你拿着灯，我们来捉。"原来的男人很听话的赶快把灯接过来，很合拍的照亮着。

果然，不一会儿，骑自行车的人就捉到了一只，大家钻出来，孩子喜欢得直跳。

骑自行车的人大大的手里夹着叫哥哥，因为感觉到大家欣赏他的成功而害羞，怯怯的说道："给谁呢？给谁呢？"

原来在捉的男人就推给小石说："先给他吧，他不会捉的。"孩子也说："给你吧，我们还好再捉。"

小石被这亲热的推让和赠予弄得不好意思起来，连忙走开去，说：

"哪里，哪里，我原不想要，我是帮你们捉的。"想想自己又不会捉，又改说，"我不过凑凑热闹。"

我们也说："小妹妹别客气了，把它放在笼子里吧，看跳掉了。"

那个孩子才欢欢喜喜感谢的要了，男人和骑自行车的人又钻进丛莽中去。

小石一边走，一边笑，一边咕噜，"我又不是小孩子。推给我做什么。"L说："人家当你比那个小孩还小啦。这又有什么可脸红的呢。"

于是小石就辩了："月亮光底下看得出脸红脸白么？"

其实我们大家都饫饮这善良的温情而陶然了。

走得很远，回过头去，还看得见丛莽里一闪一闪亮着自行车的摩电灯。

# 从"轧"米到"踏"米

导读：

　　轧米，方言，指的是在拥挤的情况下争购食米。本文记叙了上海"八·一三"后粮荒的残酷现实局面。文中所写的情形仿佛一张张老照片，将百姓从轧米到踏米的悲惨境遇，勾画得淋漓尽致。我们仿佛看到了一张张愁容满面的面孔，这让生活在现代的我们了解到中国人民经历的困苦生活。文中质朴自然的情感流露，让人深受感染，感人肺腑。

　　江南人的食粮以稻米为主。"八·一三"后，米粮的问题，一天天的严重起来。其初，海运还通，西贡米，暹罗米还不断地运来。所以，江南的米粮虽大部分已为敌军所控制，所征用，而人民们多半改食洋米，也还勉强可以敷衍下去。其时米价二十元左右一担。但平民们已有岌岌不可终日之势。"工部局"开始发售平价米。平民们天一亮便等候在米店的门口，排了队，在"轧"米。除了排队上火车之外，这"轧"米的行列，可以说是最"长"、最齐整的了。穿制服的人，"轧"米有优先权。他们可以后到而先购，毋须排队。平民们都有些侧目而视，敢怒而不敢言。

　　有些维持"秩序"的人，拿粉笔在每个排队的人的衣服上写上号码。其初是男女混杂的，后来，分成了男女两队。每一家米店门前，每一队的号码有编到一千几百号的。有的小贩子，"轧"到了米，再去转卖。一天可以"轧"到好几次米，便集起来到里弄里去卖。以此为生的人很不少。

　　后来，主持平买的人觉得这方法不好，流弊太多，小贩子可以得到米，而正当的籴米的人却反而挤不上去，便变更了方法，不写号码，而将每一个购过米的人的手指上，染了一种不易褪色的紫墨水。这一天，已染了紫色的人便不得再购第二次米。

　　但这方法也行了不久，"工部局"所储的米，根本不能维持得很久。洋米的来源也渐渐地困难起来。米价飞跃到八十余元一担。

　　"轧"米的队伍更长了。常常的排到了一两条街。有的实在支持不住了，便坐在地上。有的带了干粮来吃。小贩们也常在旁边叫卖着大饼、油条一类的充饥物。开头，"轧"米的人，以贫苦者为多，以后，渐有衣衫齐整的人加入。他们的表情，焦急、不耐、忍辱、等候、麻木、激动。无所不有，但都充分的表示着无可奈何的忍受。因为太挤了，有的被挤得气都喘不过来。为了要"活"，从"轧"米到"踏"米什么痛苦的都得忍受下去。有执鞭子或竹棒的人在旁，稍一不慎，或硬"轧"进队伍去，便被打了出去。有的在说明理由，有的，只好忍气吞声而去。强有力的人，有时中途插了进去，后边的人便大嚷起来，制止着；秩序顿时乱了起来。为了一升米，或两升米，为了一天的粮食，他们不能不忍受了一切从未经过的"忍耐""等候"与"侮辱"。

米价更涨了。一升米的平售价值，也一天天的不同起来。然而较之黑市价格还是便宜得多，所以"轧"米的行列，更加多，更加长。

有办法的人会向米店里一担两担的买。然已不能明目张胆的运送着了。在黑夜里，从米店的后门，运出了不少的米。但也有纠纷，时有被群众阻止住了，不许运出。

最大的问题是"食"，是米粮。无办法的人求能一天天的"轧"得一升半升的米，已为满足；有办法的人储藏了十担百担的米，便可安坐无忧。平民们食着百元一担，或十元一升的米时，有办法的人所食的还是八元十元一担的米。

有许多"轧"米的悲惨的故事在流传着。因为"轧"不到米，全家挨饿了几天，不得不悬梁自尽的有之。因为"轧"米而家里无人照料，失了窃，或走失了儿女的有之。因为"轧"米而不能去教

书，或办事，结果是失了业的，也有之。携男带女的去"轧"米的，结果还是空手而回。将旧衣服去当了钱，去"轧"米，结果，那仅有的养命的钱，却在排队拥挤中为扒手所窃取去。

大多数的人家，米缸都是空的，米是放在钵里、罐里或瓶里，却不会放在缸里的。数米为饭的时候已经到了。有的人在计数着，一合米到底有几粒。他们用各种方法来延长"米"的食用次数。有的掺和了各种豆类，蚕豆、红豆、绿豆、黄豆，有的与山薯或土豆合煮。吃"饭"的人一天天的少了。能够吃粥的，粥上浮有多半米粒的，已是少数的人家了。

如果有画家把这一时期的"轧米图"绘了出来，准比《流民图》还要动人，还要凄惨。那一张张不同的憔悴的面容，正象征着经历了许多年代的痛苦与屈辱的中国人民们的整个生活的面容。

到了后来，"工部局"的储粮空了，同时，敌人们的压力也更大，更甚了，便借着实行"配给制度"的诱惑力，开始调查户口，编制"保甲"；百数十年来向来乱丝无绪的"租界"的户口，竟被他们整理得有条有理。

所谓"配给制度"，便是按着户口，发给"配给证"，凭证可以购买白米及其他杂粮和日用品。开头，倒还有些白米配给出来。渐渐地米的"质""江河日下"了；渐渐的米的"量"也一天天的少下去了；渐渐地用杂粮来代替一部分的白米了。米的"质"变成了"糠"多"米"少，变成了泥沙多，米质有臭味，不能入口，变成了空谷多于米粒。这些，都是日本人所不能入口、所不欲入口的，所以很慷慨的分了一部分出来。至于我们所生产的香糯的白米呢,那是敌人们的军粮,老百姓们是没有份吃的。

有几个汉奸,勾结了管理军粮的敌人们,窃出了若干白米或军粮,在黑市卖了出来。上海人总有半年以上,能够在黑市上买得到真正的白米或杜米,那不能不归功于那些汉奸们的作弊之功——从老虎嘴里偷下了一小部分的肥肉来。后来这事被他们发现了,两个汉奸,侯大椿和胡政,便被他们枪决。从此以后,白米或杜米,在市面上便更少见到了。"一二·八"珍珠港事变以后,海运完全断绝了,连日本本土的白米也要"江南"地方来供给,白米的来源,便更加艰难,稀少起来。

上海区的人民们,如果有力量,不愿吃杂粮或少吃杂粮的,只好求之于少数的米贩子,那边是所谓"踏"米的人们。"踏"米的人,不过是一个代表的名词,指的便是那批用自行车偷偷地从敌人的封锁线上,载运了少数米粮过来的人,他们都是年轻力壮的汉子,冒着生命的危险,做着这种黑市交易,其他妇孺们和老年的人们也常常带了些米粮来卖。身上穿了特制的"背身"。"背身"前后面都有的,其中便储藏着白米,很机警的偷过了敌人的"检问所"——其实,还是用金钱来买"过"的居多。他们常常的发生"麻烦";最轻的处罚是将食米充公。封锁线的边缘上常见有许多的"没收"的白米堆积着。有的是"没收"后还被"打",被"罚跪"。遇到敌人们不高兴的时候,便用刺刀来戳毙他们。如此遭害的人很不少。友人曾及君曾绘了一幅《踏米图》,那幅图是活生生的一幅表现得很真切的凄

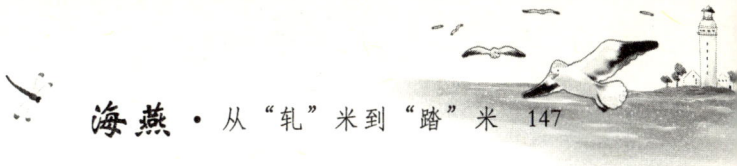

惨的水彩画，是沦陷区人民的生活的烙印。

为了食米的输入一天天的艰难起来，敌人们的搜刮，一天天的加强加多起来，米价便发狂的飞涨着。从伪币一千元两千元一担，到四千元，八千元一担。后来便是一万元，五万元地狂跳着。最后，竟狂跳到一百万元左右一担；最高峰曾经到过二百万一担的关口。平民们简直没有吃到"白米"的福气。连所谓"二号米"，"三号米"也难得到口。许多人都被迫改食杂粮，从面粉到蚕豆、山薯，主要是能够充饥的东西，没有不被一般人搜寻着。饭店里也奉命不许出卖白米饭；有的改用面食；有的改用所谓"麦饭"。白米成了最奢侈的、最珍贵的东西。"配给制度"也在无形中停顿了。——从半个月配给一次，到一个月两个月配给一次，直到了"无形停顿"为止。

粮食缺乏的威胁，不仅使一般平民们感受到，即有力食用白米者们也都感受到了。肉和鱼和蔬菜还有的见到，白米却都到了敌人们的"仓库"里去了。听说烟台的人请客，食米要自己随身带去。江南产米区的人们，这时也有同样的情形。历史上有一个笑话，说有一个皇帝，遇到荒年，饥民遍野，他提议说，"何不吃肉糜？"这时，倒的确有这样的"事实"了。吃肉糜易，吃白米饭却难。

假如胜利不在八月里的话，在冬天，饿死的人一定要成坑成谷的。然而江南产米区并不是没有米。米都被堆藏在敌人的仓库里，一包包，一袋袋堆积如山，任其红腐下去。他们还将米煮成了"饭"，做成了罐头，一罐罐的堆积着，以备第二年，第三年的军粮。

什么都被掠夺，但食粮却是他们主要的掠夺的目的物。我常经过几个大厦，那里面的住户都已被赶了出去，无数的卡车，堆载着白米，往这些大厦里搬运进去。雪白香糯的米粒，漏得满地，这不是白米！然而沦陷区的人民们是分润不到一粒的！德国人对占领地的许多欧洲人说，"德国人是不会饿死的；你们不种田，不生产，饿死的是你们；最后饿死的才是德国人。"这话好不可怕！日本人虽然没有公开的说这句话，然而他们实实在在的是这样做着的。

假如天不亮，我们是要首先饿死了的！

好不可怕的一场噩梦！

# 我的邻居们

导读：

郑振铎当时与臭名昭著的"大汉奸"周佛海的豪宅比邻而居，在1943年3月，在周佛海没有入住前，郑振铎曾两次入院参观，4月15日记载："游邻居周氏某园，深有所感。"本篇散文就是由此次参观后有感而发。与这位"大人物"周佛海做邻居，可谓处处惊险，但本文叙述非常冷静，举重若轻，张弛有度，将作者的民族情绪含而不露地呈现出来。短小的篇幅中凝聚着作者深沉忧愤的情感，也不动声色地表达了对"大汉奸"的态度。

我刚刚从汶林路的一个朋友家里，迁居到现在住的地方时，觉得很高兴；因为有了两个房间，一个卧室，一作书室，显得宽敞了多了；二则，我的一部分书籍，已经先行运到这里，可读可看的东西，顿时多了几十倍，有如贫儿暴富；不像在汶林路那里，全部是书，只有两只藤做的书架，而且还放不满。这个地方是上海最清净的住宅区。四周围都是蔬圃，时时可见农人们翻土，下肥，播种；种的是麦子，珍珠米，麻，棉，菠菜，卷心菜以至花生等等。有许多树林，垂柳尤多，春天的时候，柳絮在满天飞舞，在地上打滚，越滚越大。一下雨，处处都是蛙鸣。早上一起身，窗外的鸟声仿佛在喧闹。推开了窗，满眼的绿色。一大片的窗是朝南的，一大片的窗是朝东的；太阳光很早的便可以晒到。冬天不生火也不大嫌冷。我的书桌，放在南窗下面，总有整整的半天，是晒在太阳光下的。有时，看书看得久了，眼睛有点发花发黑。读倦了的时候，出去走走，总在田地上走，异常的冷僻，不怕遇见什么熟人。我很满足，很高兴的住着。

　　正门正对着一家巨厦的后门。那时，那所巨厦还空无人居，不知是谁的。四面是墙，特别的高，墙上装着铁丝网，且还通了电。究竟是谁住在那里呢？我常常在纳罕着。但也懒得去问人。

　　有一天早上，房东同我说，"到前面房子里去看看好么？"

　　我和他们，还有几个孩子，一同进了那家的后门。管门人和我的房东有点认识，所以听任我们进去。一所英国的乡村别墅式房子，外墙都用粗石砌成，但现在已被改造得不成样子。花园很大，也是英国式的，但也部分的被改为日本式的。花草不少；还有一个小

池塘，无水，颇显得小巧玲珑，但在小假山上却安置了好些廉价的瓷鹅之类的东西，一望即知其为"暴发户"之作风。

盆栽的紫藤，生气旺盛，最为我所喜，但可知也是日本式的东西。

正宅里布置得很富丽堂皇，但总觉得"新"，有一股无形的"触目"与触鼻的油漆气味。

"这到底是谁的住宅呢？"我忍不住的问道，孩子们正在草地上玩，不肯走。

房东道："我以为你已经知道了；这是周佛海的新居，去年向英国人买下的，装修的费用，倒比买房的钱花得还多。"

过了几个月，周佛海搬进宅了，整夜的灯火辉煌，笙歌达旦，我被吵闹得不得安睡。我向来喜欢早睡，但每到晚上九十点钟，必定有胡琴声和学习京戏的怪腔送到我房里来。恨得我牙痒痒的，但实在无奈此恶邻何！

更可恨的是，他们搬进了，便可调查四邻的人口和职业；我们也被调查了一顿。

我的书房的南窗，正对着他们的厨房，整天整夜的在做菜烧汤，烟突里的煤烟，常常飞扑到我的书桌上来。拂了又拂，终是烟灰不绝。弄得我不敢开窗。我现在不能不懊悔择邻的不谨慎了。

"一二·八"太平洋战争起来后，我的环境更坏了。四周围的英美人住宅都空了起来，他们全都进了集中营。隔了几时，许多日本人又搬了进来。他们男人大都是穿军装的。还有保甲的组织，防空的联系，吵闹得附近人家，个个不安。

在防空的时候，他们干涉邻居异常的凶狠，时时有被打的。有时，我晚上回家，曾被他们用电筒光狠狠地照射着过。

有一天，厨房的灯光忘了关，也被他们狠狠的敲门窗的骂了一顿过。

一个早晨，太阳光很好，出去走走，恰遇他们在练空防，路被阻塞不通，只好再回过来。

说到通路，那又是一个厄运。本来有一条通路，可以直达大道，到电车站很近便。自从周佛海搬来后，便常常被阻塞。日本人搬

来后，索性的用铁丝网堵死了。我上电车站，总要绕了一个大圈，多花上十分钟的走路工夫。

胜利以后，铁丝网不知被谁拆去了。我以为从此可以走大道了。不料又有什么军队驻扎在小路上看守着，不许人走过。交涉了几回也没用。只好仍旧吃亏，改绕大圈子走。

和敌伪的人物无心的做了邻居，想不到也会有那么多的痛苦和麻烦。

故人旧事

郑振铎性格和蔼，交友甚广，一生中交下很多朋友，然而在兵荒马乱的年代，许多朋友都因公殉职，为此他先后写了多篇悼念友人的文章。

　　作者用朴素无华的文字，忠实地再现了友人们的事迹。邹韬奋为人民服务、鞠躬尽瘁，鲁迅用笔作为武器将敌人揭露在笔端，许地山为抗日救国事业奔走呼号，朱自清勤勤恳恳、为生活而奔波……作者在娓娓道来中，抒发自己的悲痛缅怀之情，也让读者更全面地了解这些出版家、作家的一生。

# 韬奋的最后

## 导读：

　　邹韬奋（1895.11.5—1944.7.24），我国卓越的新闻记者、出版家、政论家。1926 年接任《生活》周刊主编，以犀利之笔，力主正义舆论，抨击黑暗势力。九一八事变后，邹韬奋坚决反对国民党政府的不抵抗政策，其主编的《生活》周刊以反内战和团结抗敌御侮为根本目标，成为国内媒体抗日救国的一面旗帜。他为人民服务、鞠躬尽瘁、死而后已的精神被誉为"韬奋精神"。本文为郑振铎追记邹韬奋先生最后进行战斗直至病逝的文章，凸显了邹韬奋癌症晚期为真理和信念而百折不挠的抗争精神。

　　韬奋的身体很衰弱，但他的精神却是无比的踔厉。他自香港撤退，尽历了苦辛，方才到了广东东江一带地区。在那里住了一时，还想向内地走。但听到一种不利于他的消息，只好改道到别的地方去。天苍苍，地茫茫，自由的祖国，难道竟摈绝着他这样一位为祖国的自由而奋斗的子孙么？

　　他在这个时候，开始感觉到耳内作痛，头颅的一边，也在隐隐作痛。但并不以为严重。医生们都看不出这是什么病。

　　他要写文章，但一提笔思索，便觉头痛欲裂。这时候，他方才着急起来，急于要到一个医诊方便的地方就医。于是间关奔驰，从浙东悄悄的到了上海。为了敌人们对于他是那样的注意，他便不得不十分的谨慎小心。知道他的行踪的人极少。

　　他改换了一个姓名，买到了市民证，在上海某一个医院里就医。为了安全与秘密，后来又迁徙了一二个医院。

　　他的病情一天天的坏。整个脑壳都在作痛，痛得要炸裂开来，痛得他终日夜不绝的呻吟着。鼻孔里老淌着脓液。他不能安睡，也不能起坐。

　　医生断定他患的是脑癌，一个可怕的绝症。在现在的医学上，还没有有效的医治方法。但他自己并不知道。他的夫人跟随在他身边。医生告诉她：他至多不能活到二星期。但他在病苦稍闲的时候，还在计划着以后的工作。他十分焦急的在等候他的病的离体。他觉得祖国还十分的需要着他，还在急迫的呼唤着他。他不能放下他的担子。

　　有一个短时期，他竟觉得自己仿佛好了些。他能够起坐，能够

谈话，甚至能够看报。医生也惊奇起来，觉得这是一个奇迹：在病理上被判定了死刑和死期的人怎么还会继续的活下去，而且仿佛有倾向于痊愈的可能，医生觉得有点不可思议。

这时期，他谈了很多话，拟定了很周到的计划。但他也想到，万一死了时，他将怎样指示他的家属们和同伴们。他要他的一位友人写下了他的遗嘱。但他却是绝对的不愿意死。他要活下去，活下去为祖国而工作。他想用现代的医学，使他能够继续的活下去。

他有句很沉痛的话，道："我刚刚看见了真理，刚刚找到了自己要走的路，难道便这样的死了么？"

没有一个人比他更真实的需要生命，不是为了自己，而是为了真理，而是为了祖国。

他的精神的力量，使他的绝症支持了半年之久。

到了最后，病状蔓延到了喉头。他咽不下任何食物，连流汁的东西也困难。只好天天打葡萄糖针，以延续他的生命。

他不能坐起来。他不断的呻吟着。整个头颅，像在火焰上烤，像用钢锯在解锯，像用斧子在劈，用大棒在敲打，那痛苦是超出于人类所能忍受的。他的话开始有些模糊不清。然而他还想活下去。他还想，他总不至于这样的死去的。

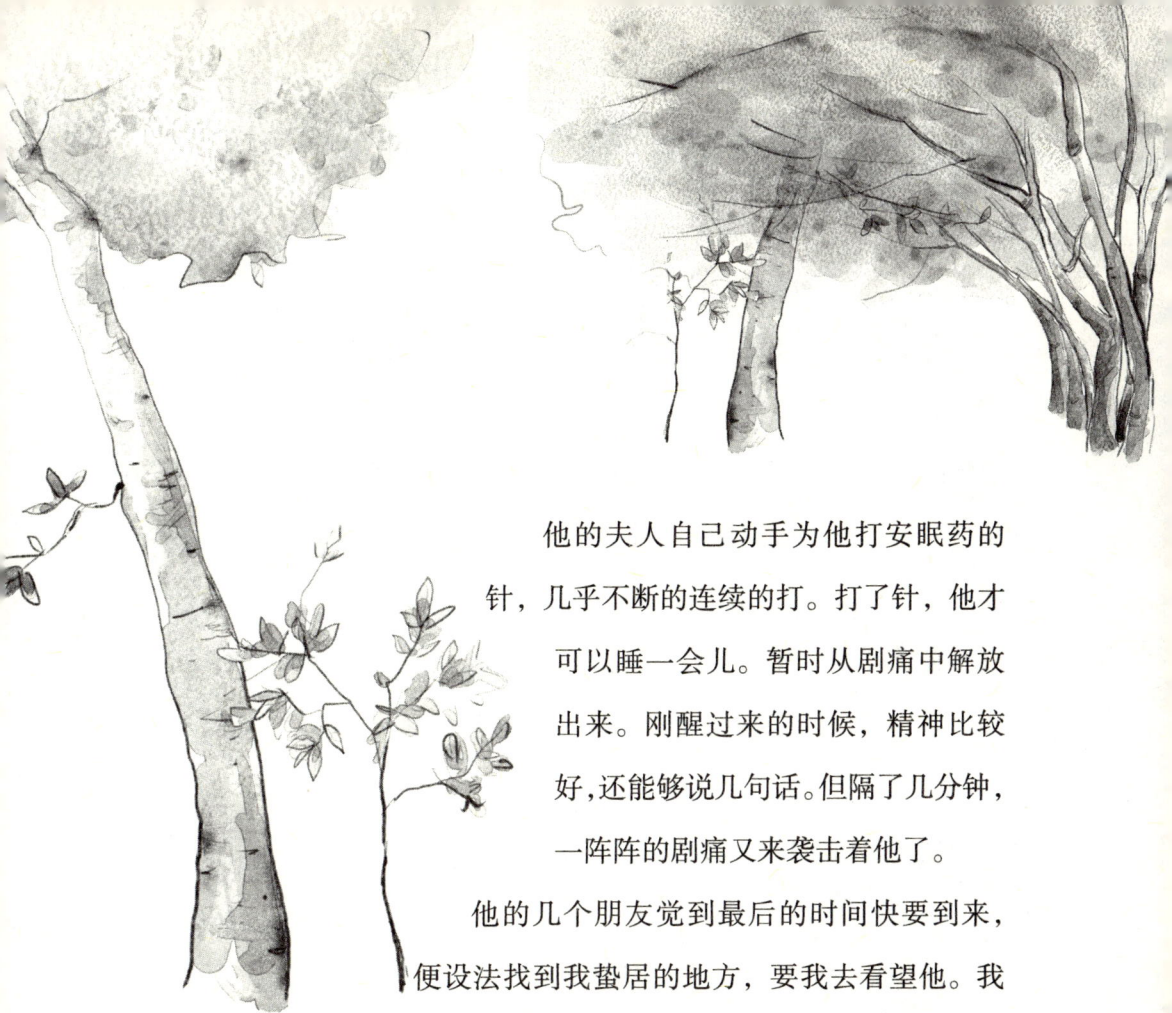

他的夫人自己动手为他打安眠药的针，几乎不断的连续的打。打了针，他才可以睡一会儿。暂时从剧痛中解放出来。刚醒过来的时候，精神比较好，还能够说几句话。但隔了几分钟，一阵阵的剧痛又来袭击着他了。

他的几个朋友觉到最后的时间快要到来，便设法找到我蛰居的地方，要我去看望他。我这时候才第一次知道他在上海和他的病情。

我们到了一条冷僻的街上，一所很清静的小医院，走了进去。静悄悄的一点声息都没有。自己可以听见自己呼吸的声音。

我们推开病室的门，他夫人正悄悄的坐在一张椅上，见我们进来，点点头，悄悄的说道，"正打完针，睡着了呢。"

"昨夜的情形怎样？"

"同前两天相差不了多少。"

"今早打过几回针？"

"已经打了三次了。"

这种针本来不能多打，然而他却依靠着这针来减轻他的痛楚。

医生们决不肯这样连续的替他打的，所以只好由他夫人自己动手了。

我带着沉重的心，走近病床，从纱帐外望进去，已经不大认识，躺在那里的便是韬奋他自己了。因为好久不剃，胡须已经很长。面容瘦削苍白得可怕。胸部简直一点肉都没有，隔着医院特用的白被单，根根肋骨都隆起着。双腿瘦小得像两根小木棒。他闭着双眼，呼吸还相当匀和。

我不敢说一句话，静静的在等候他的醒来。

小桌上的大鹏钟在嘀嗒嘀嗒的一秒一秒的走着。

窗外是一片灰色的光，一个阴天，没有太阳，也没有雨，也没有风。小麻雀在唧唧的叫着，好像只有它们在享受着生命。

等了很久，我觉得等了很久，韬奋在转侧了，呻吟了，脓水不断的从鼻孔中流出，他夫人用棉花拭干了它。他睁开了眼，眼光还是有神的。他看到了我，微弱的说道："这些时候过得还好吧？"几乎是一个字一个字挣扎出来的。

我说："没有什么，只是躲藏着不出来。"

他大睁了眼睛还要说什么，可是痛楚来了，他咬着牙，一阵阵的痉挛，终于爆出了叫喊。

"你好好的养着病吧，不要多说话了。"我忍住了我要问他的话，那么多要说的话。连忙离开了他的床前，怕增加他的痛楚。

"替我打针吧。"他呻吟的说道。

他夫人只好又替他打了一针。

于是隔了一会儿，他又闭上了眼沉沉睡去。

病房里恢复了沉寂。

我有许多话都倒咽了下去，他也许也有许多话想说而未说。我静静的望着他，在数着他的呼吸，不忍离开。一离开了，谁知道是不是便永别了呢？

"我们走吧。"那位朋友说，我才蓦然的从沉思中醒来。我们向他夫人悄悄说声再会，轻轻的掩上了门，退了出来。

"恐怕不会有希望的了。"我道。

"但他是那末样想活下去呢！"那个朋友道。

我恨着现代的医学者为什么至今还不曾发明一种治癌症的医方，我怨着为什么没有一个医生能够设法治愈了他的这个绝症。

我祷求着，但愿有一个神迹出现，能使这个祖国的斗士转危为安。

隔了十多天没有什么消息。我没有能再去探望他，恐怕由我身上带给他麻烦。

有一天，那位朋友又来了，说道："韬奋昨天晚上已经故世了！今天下午在上海殡仪馆大殓。"

我震动了一下，好几秒钟说不出一句话来。

我低了头，默默的为他致哀。

固然我晓得他要死，然而我感觉他不会死，不应该死。

他为了祖国，用尽了力量，要活下去，然而他那绝症却不容许多活若干时候。

他是那样的不甘心的死去！

我从来没有看见像他那样的和死神搏斗得那末厉害的人。医生们断定了一二星期死去的人，然而他却继续的活了半年。直到最后，他还想活着，还想活着为祖国而工作！

这是何等的勇气，何等的毅力！忍受着半年的为人类所不能忍受的苦，日以继夜的忍受着，呻吟着，

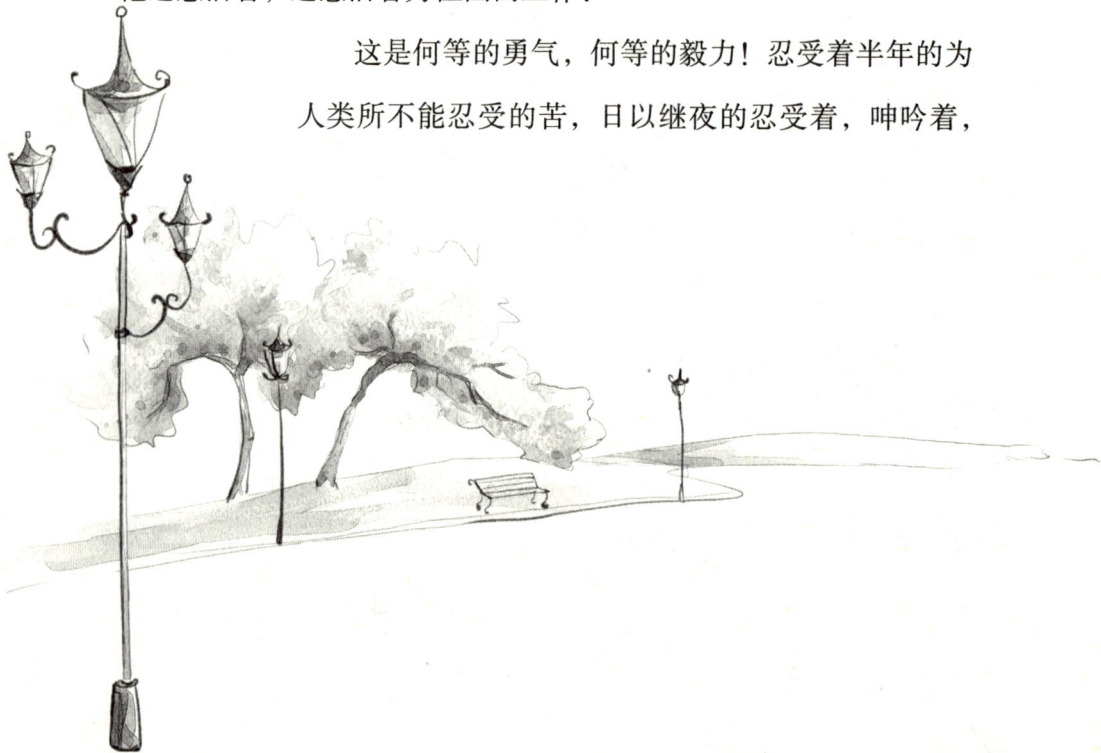

只希望赶快愈好，只愿着有一天能够愈好，能够为祖国做事。

　　然而他斗不过死神！抱着无穷的遗憾而死去！

　　他仍用他的假名入殓，用他的假名下葬，生怕敌人们的觉察。后来，韬奋死的消息，辗转的从内地传出；却始终只有极少数的人知道他是死在上海的。敌人们努力的追寻着邹韬奋的线索，不问生的或死的，然而他们在这里却失败了！他们的爪牙永远伸不进爱国者们的门缝里去！他们始终迷惘着邹韬奋的生死和所在地的问题。

　　到了今天，我们可以成群的携着鲜花到韬奋墓地上凭吊了！凭吊着这位至死还不甘就死的爱祖国的斗士！

# 记几个遭难的朋友们

导读：

　　本文追忆了作者的几位挚友，深情地倾诉了这几位革命友人的牺牲精神。文章朴实无华，却道出了每一位友人为祖国洒下热血、献出生命的崇高人格。在民族存亡的关键时刻，这些爱国者凭借可贵的爱国精神，成为祖国得救的重要力量。

在昏雾的敌伪统治之下，具有正义感与民族意识的人士们有几个能够"苟全性命"的呢？陆蠡的死，最可痛心。他把那些敌人们当作"有理性"的"人"看待，结果却发现他们原来是一群兽，于是便殉难而亡。

其他不知名的死难者们更不知有多少。我们应该建立一座"无名英雄墓"来作永久的追念。

至于遭难被囚，幸而不死者，则在朋友们里，非常的多。有一天在一位朋友的宴会上，在座的人，十个之中，有八个遭过难，受过敌伪的酷刑毒打的。只有我和另外一个朋友是幸免入狱受苦的人。

我自己不知怎样竟会逃过此厄；大半是要感谢遭难的朋友们的爱护，宁愿自己吃尽了苦，却绝对的不肯攀引出自己的同伴们出来。

这种精神是可以惊天地的，泣鬼神的！假如说，我们这一次抗战的胜利不完全是幸致的话，那么，主要的制胜之因，要归功到这种"不屈"的烈士的，或民族的英勇的精神的。

上海撤守后，首先遭难的有王五本君。王君是国立暨南大学的学生，不知什么缘故，敌人竟到校来捕捉他。他攀住扶梯不肯走，但终于被拖抱而去。至今不知下落。校方曾向警局告警，但敌人取出证件，证明王君是日籍的台湾人，他们乐得袖手旁观。后来听说，王君的被捕，是为了逃避兵役。祝福这位反战的英雄，不忘祖国的壮士，但愿他至今还无恙的生存着，能够目睹台湾之重入祖国的怀抱！

第二个遭难的是吴中修先生。他是暨大的训育主任。一位最正直无私的君子人。伪方屡次的要强迫他加入伪组织，他都严辞拒绝了。有次，他步行到校办公，校门口有一部黑色的汽车停在那里。旁边有几个彪形大汉，一见他来，便捉住了他，要强拖他进汽车。他竭力的抵抗着，挣扎着，竟得挣脱了捉捕，逃进校门。

这时，围观的闲人们已经聚

得很多,他们只好开了汽车逃去。据说,当时幸而他们未带手枪,否则,中修先生一定不会幸免的。

"二八"后,许广平女士是朋友中最早遭难被捕的。她和当时做地下工作的一个民众团体有很深的关系。但她咬紧了牙根,不吐露丝毫的消息给他们。她自己吃尽了苦,然而却保全了整个团体和无数的朋友们。——我也是其中的一人——她出狱后,双腿已不良于行,头发白了许多。她是怎样的拼着牺牲了自己的生命来保护同伴们!这是一个典型的中华民族的女战士和女英雄!

夏丐尊先生无端的在一个清晨被捕了。他临走时,说:"通知老板一声吧。"敌人们立刻迫着问老板是谁,于是张雪村先生也因之连带的陷入魔手中了。

他们虽没有受刑,然而天天的审问、盘查是很不好受的。

雪村先生出狱后,曾示我以狱中所作的数诗;其一云:"日食三餐不费钱,七时早起十时眠。一瓯香饭抟云子,半钵新茶泼雨前。汤泛琼波红滟滟,盐霏玉屑碧芊芊。煤慌米歉何须急,如入桃源别有天。"其二云:"一日几回频点呼,噎凄尼散哈栖枯。低眉敷座菩提相,伸手抢羹恶鬼图。运动憧憧灯走马,睡眠簇簇罐藏鱼。剑光落处山君震,虎子兼差摄唾壶。"其三云:"执戈无力效前驱,报国空文触网罟。要为乾坤扶正气,枉将口舌折侏儒。囚龙巘凤只常事,屠狗卖浆有丈夫。惭愧平生沟壑志,南冠亏上白头颅。"

他们出狱后,告诉我们说,经过这十多天的"非人生活"后,简直什么苦都能吃得消。粗茶淡饭的生涯,不啻是人间天堂。

和他们同时"进去"的好几十个中小学生的校长和教师们，听说他们吃了不少苦，不久，也都被释放了。

友人赵景深的夫人李女士也因友人的牵连而被捕了去。

杜纪堂先生的夫人赵女士，因为内地寄了一封信给杜先生，信壳上写了她的名字，因此也被捕。她是笃信基督教的，在狱中默念天主，心里到很宁静。她被威胁，被劝诱，但绝对的不肯说出杜先生的所在。杜先生得脱于难，连忙避到内地去。

柯灵先生很早的被敌伪所注意。敌人们常常找他谈话，但想利用他的线索，追究很多人。他不泄露任何的事与人。有一天，我在一家茶室里和他遇到了。我向他招呼着，但他暗中使一个眼色，我连忙的坐了下去，不作理会。原来他的隔座便有一个敌人的密探在着。最后，敌人们对他绝望了，便捕了去，用了种种的酷刑，要他招说。他紧闭着嘴，什么也不说。出来后，他告诉友人们说，受刑不住时，心无杂念，只拼一死；除了"妈呀"的喊着外，别无他话。

李健吾、孔另境先生和杨绛女士们都曾被捕，也都曾吃苦，但他们也都没有使同伴们牵连的被捕。敌人们迫胁着要他们开名单，他们所开的却都是绝不相干的人。冯宾苻先生"进去"了不止一次。每次都是很有幸的被盘问后便放出。最后一次，他们把他拖到池塘边上；池塘里放着蛇、蜈蚣等等的毒虫，水有一人多深。他们说，他如果不招，便要掷进这池塘里去。他坐在地上，他们用足踢，用手推。但他在草地上滚了开去，终得幸免于此难。后来，被释放后，总有一两个月，他的精神，还是惊恐不安，举止还是失常。

春华秋实经典书系

　　还有个朋友，无辜被捕了去，经过一个月，被放了出来，头上的发通通的变白了，我几乎不认识他。

　　这些朋友们，遭了难，吃了苦，为了救全同伴们，宁愿自己牺牲；有多少的同伴们因此得以保全无恙；这精神是如何的伟大！这些遭难的朋友们，只是我所知道的遭难人们中的最少数的人们；大多数的青年们吃的苦也许更深些，受的刑也许更酷更惨，然而为了祖国，他们忍受了一切。

　　多少人失了踪，死了，多少人是变成残废了。

　　然而祖国是终于得救了！

# 永在的温情

## ——纪念鲁迅先生

**导读：**

　　1936 年 10 月 19 日，鲁迅先生因病逝世于上海。此后，与鲁迅先生为友的多位文坛名匠撰文纪念。本文作于 1936 年 10 月 25 日，亦为悼念鲁迅先生的名作。文中记述了鲁迅先生的生活、形象、精神。文中以"情"为主线，形散而神不散地记叙了鲁迅先生在工作和生活中鲜为人知的温情面貌。使得人们心目中以文字为武器的鲁迅先生的形象鲜活起来，热心、大度、慷慨，都是他的不同写照。

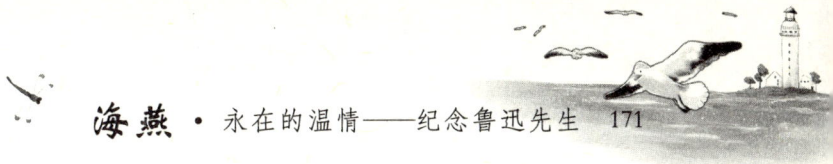

十月十九日下午五点钟，我在一家编译所一位朋友的桌上，偶然拿起了一份刚送来的 Evening Post，被这样的一个标题"中国的高尔基今晨五时去世"惊骇得一跳。连忙读了下来，这惊骇变成了事实：果然是鲁迅先生去世了！

这消息像闪雷似的，当头打了下来，我呆坐在那里不言不动。

谁想得到这可怕的噩耗竟这样地突然地来呢？

鲁迅先生病得很久了，间歇地发着热，但热度并不甚高。一年以来，始终不曾好好的恢复过，但也从不曾好好的休息过。半年以来，情形尤显得不好。缠绵在病榻上总有三四个月。前一个月，听说他要到日本去。但茅盾告诉我，双十节那一天还遇见他在 lsis 看 Dobrovsky，中国木刻画展览会，他也曾去参观。总以为他是渐渐的复原了，能够出来走走了。谁又想得到这可怕的噩耗竟这样突然地来呢？

刚在前几天，他还有信给我，说起一部书出版的事；还附带地说，想早日看见《十竹斋笺谱》的刻成。我还没有来得及写回信。

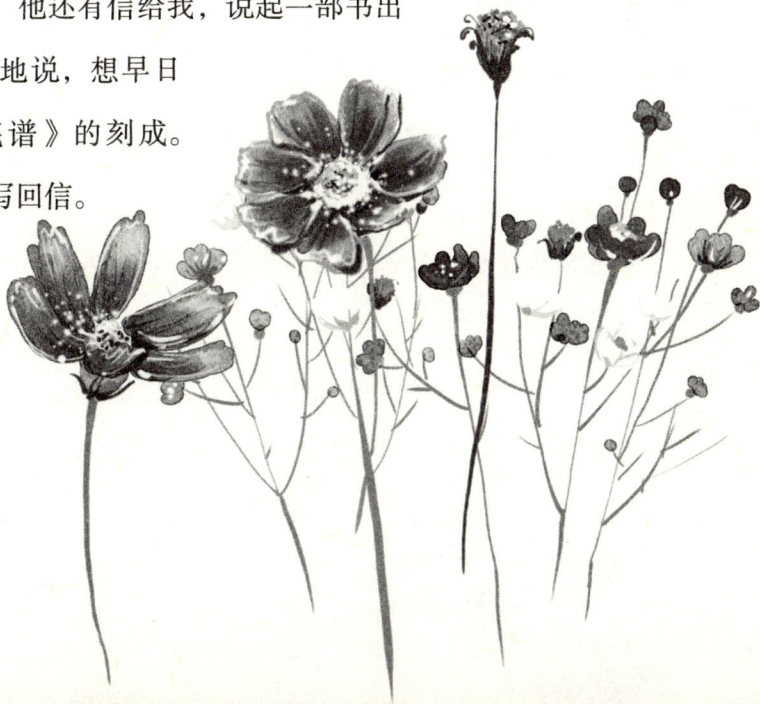

谁想得到这可怕的噩耗竟这样地突然地来呢?

我一夜不曾好好的安心地睡。

第二天赶到万国殡仪馆,站在他遗像的面前,久久的走不开。再一看,他的遗体正在像下,在鲜花的包围里,面貌还是那么清癯而带些严肃,但双眼却永远的闭上了。

我要哭出来,大声地哭,但我那时竟流不出眼泪,泪水为悲戚永在的温情所灼干了。我站在那里,久久走不开。我竟不相信,他竟是那样突然地便离我们而远远地向不可知的所在而去了。

但他的友谊的温情却是永在的,永在我的心上——也永在他的一切友人的心上,我相信。

初和他见面时,总以为他是严肃的冷酷的。他的瘦削的脸上,轻易不见笑容。他的谈吐迟缓而有力,渐渐地谈下去,在那里面你便可以发现其可爱的真挚,热情的鼓励与亲切的友谊。他虽不笑,他的话却能引你笑。他是最可谈、最能谈的朋友,你可以在他客厅里、他那间书室(兼卧室)里,坐上半天,不觉得一点拘束、一点不舒服。什么话都谈。但他的话头却总是那么有力。他的见解往往总是那么正确。

失去了这样的一位温情的朋友,就个人讲,将是怎样的一个损失呢?

他最勤于写作,也最鼓励人写作。他会不惮其烦地几天几夜地在替一位不认识的青年,或一位不深交的朋友,改削创作,校正译稿。其仔细和小心远过于一位私塾的教师。

他曾和我谈起一件事：有一位不相识的青年寄一篇稿子来请求他改。他仔仔细细地改了寄回去。那青年却写信来骂他一顿，说被改涂得太多了。第二次又寄一篇稿子来，他又替他改了寄回去。这一次的回信，却责备他改得太少。

"现在做事真难极了！"他慨叹地说道。对于人的不易对付和做事之难，他这几年来时时地深切地感到。

但他并不灰心，仍然在做着吃力不讨好的改削创作、校正译稿的事，挣扎着病躯，深夜里，仔仔细细地为不相识的青年或不深交的朋友在工作。

这样的温情的指导者和朋友，一旦失去了，将怎样地令人感到不可补赎之痛呢！

他常感到"工作"的来不及做，特别是在最近一两年，凡做一件事，都总要快快地做。

"迟了恐怕要来不及了。"这句话他常在说。

那样的清楚的心境，我们都是同样的深切地感到的。想不到他自己真的便是那么快的便逝去，还留下要做的许多事没有来得及做——但，后死者却要继续他的事业下去的！

最早使我笼罩在他温热的友情之下的，是一次讨论到"三言"问题的信。

我在上海研究中国小说，完全像盲人骑瞎马，乱闯乱摸，一点凭借都没有，只是节省着日用，以浅浅的薪水购书，而即以所购入之零零落落的破书，作为研究的资源。那时候实在贫乏得、肤浅得可笑，偶尔得到一部原版的《隋唐演义》却以为是了不得的奇遇，至于"三言"之类的书，却是连梦魂里也不曾谈到。

他的《中国小说史略》的出版，减少了许多我在暗中摸索之苦。我有一次写信问他"三言"的事，他的回信很快便来了，附来的是他抄录的一张《醒世恒言》的全目——这张目录我至今还保全在我的一部中国小说史略里。他说，《喻世》、《警世》，他也没有见到。《醒世恒言》他只有半部。但有一位朋友那里藏有全书，所以他便借了来，抄下目录寄给我。

当时，我对于这个有力的帮助，说不出应该怎样的感激才好。这目录供给了我好几次的应用。

后来，我很想看看《西湖二集》，又写信问他有没有。不料随了回信同时递到的却是一包厚厚的包裹。打开了看时，却是半部明末版的《西湖二集》，附有全图。我那时实在眼光小得可怜，几曾见过几部明版附插图的平话集，见了《西湖二集》为之狂喜！而他的信道，他现在不弄中国小说，这书留在手边无用，送了给我吧。这贵重的礼物，从一个只见一面的不深交的朋友那里来，这感动是至今跃跃在心头的。

我生平从没有意外的获得。我的所藏的书，一部部都是很辛苦的设法购得的，购书的钱，都是夜灯下疾书的所得或减衣缩食的所余。一部部书都可看出我自己的夏日的汗，冬夜的凄栗，有红丝的睡眼，右手执笔处的指端的硬茧和酸痛的右臂。但只有这一集可宝贵的书，乃是我书库里惟一的友情的赠与——只有这一部书！

现在这部《西湖二集》也还堆在我最珍爱的几十部明版书的中间，看了它便要泫然泪下。这可爱的直率的真挚的友情，这不意中的难得的帮助，如今是不能再有了！

但我心头的温情是永在的！这温情也永在他的一切友人的心上，我相信。

# 悼许地山先生

导读：

　　许地山( 1894.2.4—1941.8.4 )，台湾台南人，现代作家、学者，笔名落花生。其作品浸透着浓厚的宗教情怀，风格独特，富于哲理，诗意盎然，琅琅上口。1937 年七七事变后，他宣传抗日，同时担任中华全国文艺界抗敌协会香港分会常务理事，为抗日救国奔走呼号。1941 年 8 月 4 日因劳累过度而病逝。本文追述了郑振铎与许地山自青年时期结下的友谊，记述了许地山的革命精神，使这位伟大的人物在琐事之中丰满起来。

许地山先生在抗战中逝世于香港。我那时正在上海蛰居，竟不能说什么话哀悼他。——但心里是那么沉痛凄楚着。我没有一天忘记了这位风趣横溢的好友。他是我学生时代的好友之一，真挚而有益的友谊，继续了二十四五年，直到他死为止。

人到中年便哀多而乐少。想起半生以来的许多友人们的遭遇与死亡，往往悲从中来，怅惘而已。有如雪夜山中，孤寺纸窗，卧听狂风大吼，身世之感，油然而生。而最不能忘的，是许地山先生和谢六逸先生，六逸先生也是在抗战中逝去的。记得二十多年前，我住在宝兴西里，他们俩都和我同住着，我那时还没有结婚，过着刻板似的编辑生活，六逸在教书，地山则新从北方来。每到傍晚，便相聚而谈，或外出喝酒。我那时心绪很恶劣，每每借酒浇愁，酒杯到手便干。常常买了一瓶葡萄酒来，去了瓶塞，一口气咕嘟嘟的全都灌下去。有一天，在外面小酒店里喝得大醉归来，他们俩好不容易的把我扶上电车，扶进家门口。一到门口，我见有一张藤的躺椅放在小院子里，便不由自主的躺了下去，沉沉入睡。第二天醒来，却睡在床上。原来他们俩好不容易的又设法把我抬上楼，替我脱了衣服鞋子。我自己是一点知觉也没有了。一想

起这两位挚友都已辞世，再见不到他们，再也听不到他们的语声，心里便凄楚欲绝。为什么"悲哀"这东西老跟着人跑呢？为什么跑到后来，竟越跟越紧呢？

地山在北平燕京大学念书。他家境不见得好。他的费用是闽南某一个教会负担的。他曾经在南洋教过几年书，他在我们这一群未经世故人情磨炼的年轻人里，天然是一个老大哥。他对我们说了许多我们从来没有听到过的话。他有好些书，西文的，中文的，满满的排了两个书架。这是我所最为羡慕的。我那时还在省下车钱来买杂志的时代，书是一本也买不起的。我要看书，总是向人借。

有一天傍晚，太阳光还晒在西墙，我到地山宿舍里去。在书架上翻出了日本翻版的《太戈尔诗集》，读得很高兴。站在窗边，外面还亮着。窗外是一个水池，池里有些翠绿欲滴的水草，人工的流泉，在淙淙呃响着。

"你喜欢太戈尔的诗么？"

我点点头，这名字我是第一次听到，他的诗，也是第一次读到。

他便和我谈起太戈尔的生平和他的诗来。他说道，"我正在译他的《吉檀迦利》呢。"随在抽屉里把他的译稿给我看。他是用古诗译的，很晦涩。

"你喜欢的还是《新月集》吧。"便在书架上拿下一本书来。"这便是《新月集》，"他道，"送给你；你可以选着几首来译。"

我喜悦的带了这本书回家。这是我译太戈尔诗的开始。后来，我虽然把英文本的太戈尔集，陆续的全都买了来，可是得书时的喜悦，却总没有那时候所感到的深切。

我到了上海，他介绍他的二哥郭谷给我。郭谷是在日本学画的。一位孤芳自赏的画家，与人落落寡合，所以，不很得意。我编《儿童世界》时，便请他为我做插图。第一年的《儿童世界》，所有的插图全出于他的手。后来，我不编这周刊了，他便也辞职不干。他受不住别的人的指挥什么的，他只是为了友情而工作着。

地山有五个兄弟，都是真实的君子人。他曾经告诉过我，他的父亲在台湾做官。在那里有很多的地产。当台湾被日本占去时，曾经宣告过，留在台湾的，仍可以保全财产，但离开了的，却要把财产全部没收。他父亲招集了五个兄弟们来，问他们谁愿意留在台湾，承受那些财产，但他们全都不愿意。他们一家便这样地舍弃了全部资产，回到了祖国，因此，他们变得很穷。兄弟们都不得不很早地各谋生计。

他父亲是邱逢甲的好友。一位仁人志士，在台湾独立时代，尽了很多的力量，写着不少慷慨激昂的诗。地山后来在北平印出了一本诗集。他有一次游台湾，带了几十本诗集去，预备送给他的好些父执，但在海关上，被日本人全部没收了。他们不允许这诗集流入台湾。

地山结婚得很早。生有一个女孩子后，他的夫人便亡故。她葬在静安寺的坟场里。地山常常一清早便出去，独自到了那坟地上，在她的坟前，默默地站着，不时的带着鲜花去。过了很久，他方才续弦，又生了几个儿女。

他在燕大毕业后，他们要叫他到美国去留学，但他却到了牛津。他学的是比较宗教学。在牛津毕业后，他便回到燕大教书。他写了不少关于宗教的著作；他写着一部《道教史》，可惜不曾全部完成。他编过一部《大藏经引得》。这些，都是扛鼎之作，别的人不肯费大力从事的。

茅盾和我编《小说月报》的时候，他写了好些小说，像《换巢鸾凤》之类，风格异常的别致。他又写了一本《无从投递的邮件》，那是真实的一部伟大的书，可惜知道的人不多。

最后，他到香港大学教书，在那里住了好几年，直到他死。他在港大，主持中文讲座，地位很高，是在"绅士"之列的。在法律上有什么总问解释上的争执，都要由他来下判断。他在这时期，帮助了很多朋友们。他提倡中文拉丁化运动，他写的好些论文，这些，都是他从前所不曾从事过的。他得到广大的青年们的拥护。他常常

参加座谈会，常常出去讲演。他素来有心脏病，但病状并不显著，他自己也并不留意静养。

有一天，他开会后回家，觉得很疲倦，汗出得很多，体力支持不住，便移到山中休养着。便在午夜，病情大坏，没等到天亮，他便死了。正当祖国最需要他的时候，正当他为祖国努力奋斗的时候，病魔却夺了他去。这损失是属于国家民族的，这悲伤是属于全国国民们的。

他在香港，我个人也受过他不少帮助。我为国家买了很多的善本书，为了上海不安全，便寄到香港去；曾经和别的人商量过，他们都不肯负这责任，不肯收受，但和地山一通信，他却立刻答应了下来。所以三千多部的元明本书，抄校本书，都是寄到港大图书馆，由他收下的。这些书，是国家的无价之宝；虽然在日本人陷香港时曾被他们全部取走，而现在又在日本发现，全部要取回来，但那时如果仍放在上海，其命运恐怕要更劣于此。——也许要散失了，被抢得无影无踪了。这种勇敢负责的行为，保存民族文化的功绩，不仅我个人感激他而已！

他名赞堃，写小说的时候，常用落花生的笔名。"不见落花生么？花不美丽，但结的实却用处很大，很有益。"当我问他取这笔名之意时，他答道。

他的一生都是有益于人的；见到他便是一种愉快。他胸中没有城府。他喜欢谈话，他的话都是很有风趣的，很愉快的。老舍和他都是健谈的。他们俩曾站在伦敦的街头，谈个三四个钟头，把别的约会都忘掉。我们聚谈的时候，也往往消磨掉整个黄昏、整个晚上

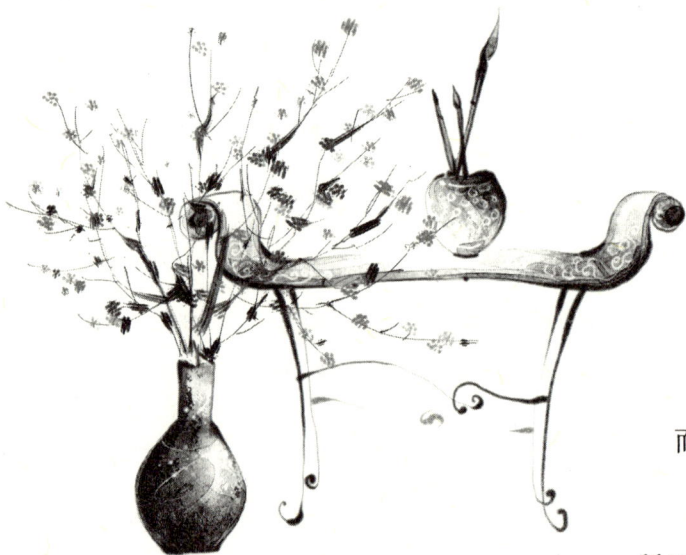

而忘记了时间。

他喜欢做人家所不做的事。他收集了不少小古董，因为他没有多余的钱买珍贵的古物。他在北平时，常常到后门去搜集别人所不注意的东西。他有一尊元朝的木雕像，绝为隽秀，又有元代的壁画碎片几方，古朴有力。他曾经搜罗了不少"压胜钱"，预备做一部压胜钱谱，抗战后，不知这些宝物是否还保存无恙。他要研究中国服装史，这工作到今日还没有人做。为了要知道"纽扣"的起源，他细心的在查古画像，古雕刻和其他许多有关的资料。他买到了不少摊头上鲜有人过问的"喜神像"，还得到很多片玻璃的画片。这些，都是与这工作有关的。可惜牵于他故，牵于财力，时力，这伟大的工作，竟不能完成。

我写中国版画史的时候，他很鼓励我。可惜这工作只做了一半，也困于财力而未能完工。我终要将这工作完成的。然而地山却永远见不到它的全部了！

　　他心境似乎一直很愉快，对人总是很高兴的样子。我没有见他疾言厉色过；即遇拂意的事，他似乎也没有生过气。然而当神圣的抗战一开始，他便挺身出来，献身给祖国，为抗战做着应该做的工作。

　　抗战使这位在研究室中静静的工作着的学者，变为一位勇猛的斗士。他的死亡，使香港方面的抗战阵容失色了。他没有见到胜利而死，这不幸岂仅是他个人的而已！

　　他如果还健在，他一定会更勇猛的为和平建国，民主自由而工作着的。

　　失去了他，不仅是失去了一位真挚而有益的好友，而且是，失去了一位最坚贞，最有见地，最勇敢的同道的人。我的哀悼实在不仅是个人的友情的感伤。

# 哭佩弦

导读：

　　佩弦，是朱自清的字。朱自清，1898 年 11 月 22 日出生于
江苏东海，1948 年 8 月 12 日在北京逝世。朱自清不仅是一位
诗人和散文家，又是著名的学者和教授，更是一名激进的民主
斗士。本文为郑振铎悼念友人的文章，写于 1948 年 8 月 17 日
上海。题目中的一个"哭"字，将作者对友人离去的悲痛之情
痛快地抒发出来。文章从身形和性情两方面记述了朱自清的一
生，通过自己与朱自清交往的经历，突出了他的性情人格。

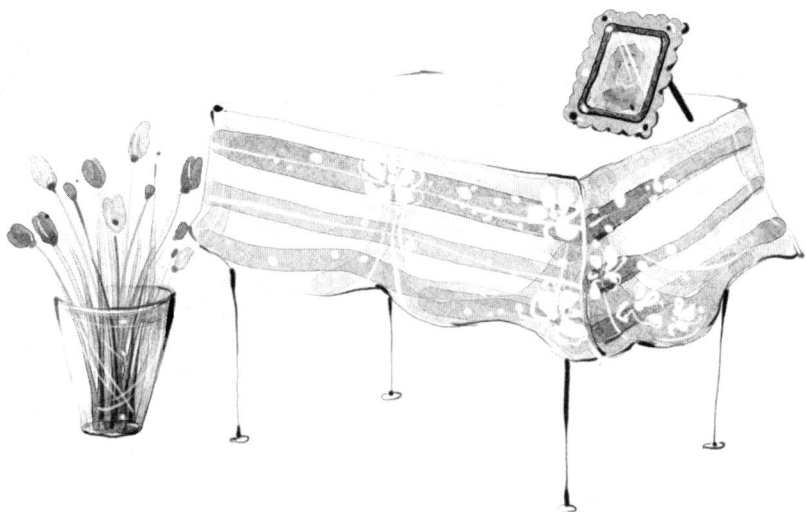

　　从抗战以来，接连的有好几位少年时候的朋友去世了。哭地山、哭六逸、哭济之，想不到如今又哭佩弦（即朱自清1898——1948）了。在朋友们中，佩弦的身体算是很结实的。矮矮的个子，方而微圆的脸，不怎么肥胖，但也决不瘦。一眼望过去，便是结结实实的一位学者。说话的声音，徐缓而有力。不多说废话，从不开玩笑；纯然是忠厚而笃实的君子。写信也往往是寥寥的几句，意尽而止。但遇到讨论什么问题的时候，却滔滔不绝。他的文章，也是那么的不蔓不枝，恰到好处，增加不了一句，也删节不掉一句。

　　他做什么事都负责到底。他的《背影》，就可作为他自己的一个描写。他的家庭负担不轻，但他全力的负担着，不叹一句苦。他教了三十多年的书，在南方各地教，在北平教；在中学里教，在大学里教。他从来不肯马马虎虎的教过去。每上一堂课，在他是一件大事。尽管教得很熟的教材，但他在上课之前，还须仔细的预备着。一边走上课堂，一边还是十分的紧张。记得在清华大学的时候，有一次我在他办公室里坐着，见他紧张的在翻书。我问道："下一点钟有课吗？"

"有的，"他说道，"总得要看看。"

像这样负责的教员，恐怕是不多见的。他写文章时，也是以这样的态度来写。写得很慢，改了又改，决不肯草率的拿出去发表。我上半年为《文艺复兴》的《中国文学研究》号向他要稿子，他寄了一篇《好与巧》来，这是一篇结实而用力之作。但过了几天，他又来了一封快信，说，还要修改一下，要我把原稿寄回给他。我寄了回去。不久，修改的稿子来了，增加了不少有力的例证。他就是那么不肯马马虎虎地过下去的！

他的主张，向来是老成持重的。

将近二十年了，我们同在北平。有一天，在燕京大学南大地一位友人处晚餐。我们热烈地辩论着"中国字"是不是艺术的问题。向来总是"书画"同称。我却反对这个传统的观念。大家提出了许多意见。有的说，艺术是有个性的；中国字有个性，所以是艺术。又有的说，中国字有组织，有变化，极富于美术的标准。我却极力地反对着他们的主张。我说，中国字有个性，难道别国的字就表现不出个性了吗？要说写得美，那么，梵文和蒙古文写得也是十分匀美的。这样的辩论，当然是不会有结果的。

临走的时候，有一位朋友还说，他要编一部《中国艺术史》，一定要把中国书法的一部门放进去。我说，如果把"书"也和"画"

春华秋实经典书系

同样的并列在艺术史里，那末，这部艺术史一定不成其为艺术史的。

当时，有十二个人在座。九个人都反对我的意见。只有冯芝生和我意见全同。佩弦一声也不言语。我问道："佩弦，你的主张怎么样呢？"

他郑重的说道："我算是半个赞成的吧。说起来，字的确是不应该成为美术。不过，中国的书法，也有它长久的传统的历史。所以，我只赞成一半。"

这场辩论，我至今还鲜明的在眼前。但老成持重，一半和我同调的佩弦却已不在人间，不能再参加那么热烈的争论了。

这样的一位结结实实的人，怎么会刚过五十便去世了呢？——我说"结结实实"，这是我十多年前的印象。在抗战中，我们便没有见过。在抗战中，他从北平随了学校撤退到后方。他跟着学生徒步跑，跑到长沙，又跑到昆明。还照料着学校图书馆里搬出来的几千箱的书籍。这一次的长征，也许使他结结实实的身体开始受了伤。

在昆明联大的时候，他的生活很苦。他的夫人和孩子们都不能在身边，为了经济的拮据，只能让他们住在成都。听说，食米的恶劣，使他开始有了胃病。他是一位有名的衣履不周的教授之一。冬天，没有大衣，把马夫用毡子裹在身上，就作为大衣；而在夜里，这一条毡子便又作为棉被用。

有人来说，佩弦瘦了，头上也有了白发。我没有想象到佩弦瘦到什么样子；我的印象中，他始终是一位结结实实的矮个子。

胜利以后，大家都复员了，应该可以见到。但他为了经济的关系，适从内地到北平去,并没有经过南方。我始终没有见到瘦了后的佩弦。

在北平,他还是过得很苦,他并没有松下一口气来。

暑假后,是他应该休息的一年。我们都盼望他能够到南边来游一趟,谁知道在假期里他便一瞑不视了呢? 我永远不会再有机会见到瘦了后的佩弦了!

佩弦虽然在胜利三年后去世,其实他是为抗战而牺牲者之一。那末结结实实的身体,如果不经过抗战的这一个阶2段的至窘极苦的生活,他怎么会瘦弱了下去而死了呢? 他的致死的病是胃溃疡,与肾脏炎。积年的吃了多沙粒与稗子的配给米,是主要的原因;积年的缺乏营养与过度的工作,使他一病便不起。尽管有许多人发了国难财,胜利财,乃至汉奸们也发了财而逍遥法外,许多瘦子都变成了肥头大脸的胖子,但像佩弦那样的文人、学者与教授,却只是天天的瘦下去,以至于病倒而死。就在胜利后,他们过的还是那么苦难的日子,与可悲愤的生活。

在这个悲愤苦难的时代,连老成持重的佩弦,也会是充满了悲愤的。在报纸上,见到有佩弦签名的有意义的宣言不少。他曾经对他的学生们说:"给我以时间,我要慢慢的学。"他在走上一条新的路上来了。可惜的是,他正在走着,他的旧伤痕却使他倒了下去。

他花了整整的一年工夫,编成《闻一多全集》。他既担任着这一个工作,他便勤勤恳恳的专心一志的负责到底的做着。《闻一多全集》的能够出版,他的力量是最大的;他所费的时间也最多。我们读到他的《闻一多全集》的序,对于他的"不负死友"的精神,该怎样的感动。

　　一多刚刚走上一条新的路，便死了；如今佩弦又是这样。过了中年的人要蜕变是不容易的。而过了中年的人经过了这十多年的折磨之后，又是多末脆弱啊！佩弦的死，不仅是朋友们该失声痛哭，哭这位忠厚笃实的好友的损失，而且也是中国的一个重大的损失，损失了那么一位认真而诚恳的教师、学者与文人！

　　　　　　　　　　　　一九四八年八月十七日写于上海

# 回过头去
## ——献给上海的诸友

**导读：**

  1927 年 2 月，郑振铎与叶绍钧、胡愈之等人发起成立"上海著作人公会"，公会积极参加了上海工人第三次武装起义前后的革命运动。"四·一二"政变后，郑振铎与胡愈之等人致信国民党当局，强烈抗议屠杀革命群众，为此险遭逮捕。5 月，郑振铎乘船到欧洲避难和游学，直到 1928 年 10 月重新回到上海。本文便是创作于 1928 年 5 月作者离开上海前往欧洲的时候，表达了他对友人的怀念。

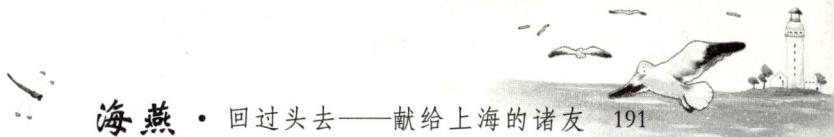

　　回过头去，你将望见那些向来不曾留恋过的境地，那些以前曾匆匆的吞嚼过的美味，那些使你低徊不计的情怀，以及一切一切，回过头去，你便如立在名山之最高峰，将一段一段所经历的胜迹及来路都一一重新加以检点，温记：你将永忘不了那蜿蜒于山谷间的小径，衬托着夕阳而愈幽倩，你将永忘不了那满盈盈的绿水，望下去宛如一盆盛着绿藻金鱼的晶缸，你将忘不了那金黄色的寺观之屋顶，塔尖，它们耸峙于肉黄的日光中，隐若使你忆记那屋盖下面的伟大的种种名迹，尤其在异乡的客子，当着凄凄寒雨，敲窗若泣之际，火土中的游士，孤身寄迹于舟车，离愁填满胸怀而无可告诉之际，最会回过头去。如今是轮到我回过头去的份儿了。

　　孤舟，舟是不小，比之于大洋，确实一叶之于大江而已——奔驰于印度洋上，有的是墨蓝的海水，海水，海水，还有那半重浊，半晴明的天空，床头上下的簸动着，便如那天空在动荡，水与天接触的圆也有韵律的一上一下移动，第一天，第二天，第三天，一直是如此。没有片帆，没有一缕的轮烟，没有半节的地影，便连前几天在中国海常见的孤峙水中的小岛也没有。呵，我们是在大海洋中，是在大海洋的中央了，我开始对于海有些厌倦了，那还是如此单调的东西。我坐在甲板上，船栏外便是那墨蓝色的海水，海水，海水。勉强的闭了两眼，一张眼便又看见那墨蓝的海水，海水，海水。我不愿看见，但它永远是送上眼来，到舱中躺下，舱洞外，又是那奔腾而过的墨蓝色的海水，海水，海水。闭了眼，没用！在上海，春夏之交，天天渴望着有一场舒适的午睡。工作日不敢睡；可爱的星期日要预备设法享用了它，不忍睡。于是，终于不曾有过一次舒适的午睡。现在，在海上，在舟中，厌倦，无聊，无工作；要午睡多么久都不成问题，然而奇怪！闭了眼，没用！脸向内，向外，朝天花板，埋在枕下，都没用，我不能入睡。舱洞外的日光，映着海波而反照入天花板上，一摇一闪，宛如浓荫下树枝被风吹动时的日光。永久是那样有韵律的一摇一闪。船是那样的簸动，床垫是如有人向上顶又往下拉似的起伏着；还是甲板上最舒适的所在。不得已又上了甲板。甲板上有我的躺椅。我上去了见一个军官已占着它，说了声 pardon，他便立起来走开；让我坐下了。前面船栏外是那墨蓝色的海水，海水，海水，左右尽是些异邦之音，在高谈，在絮语，在调情，在取笑，面前，时时并肩走过几对军官，又是有韵律似的一来一往的走过面前，好似肚内装了法条的小儿玩具，一点也不变动，一点也不肯改换他们的路径，方向，步法。这些机械的无聊的散步者，又使我生了如厌倦那深蓝色的海水，海水，海水似的厌倦。

一切是那样的无生趣，无变化。往昔，我常以日子过得太快而暗自心惊，一个星期一个星期，如白鼠在笼中踏转轮似的那么快的飞过去。如今那下午，那黄昏，是如何的难消磨啊！铛铛铛，打了报时钟之后，等待第二次的报时钟的铛铛铛，是如何的悠久呀！如今是一时一刻的挨日子过，如今是强迫着过那有韵律的无变化的生活，强迫着见那一切无生趣的无变动的人与物。

在这样的无聊赖中，能不回头去望着过去吗？

呵，呵，那么生动，那么有趣的过去。

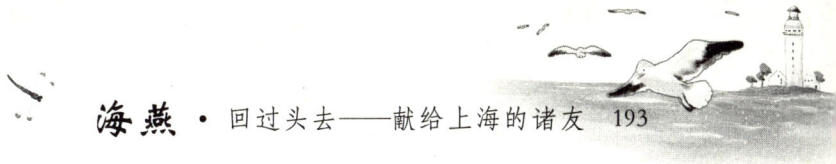

　　长脸人的愈之面色焦黄，手指与唇边都因终日香烟不离而形成了洗涤不去的垢黄色，这曾使法租界的侦探误认他为烟犯而险遭拘捕，又加之以两撇疏朗朗的往下堕的胡子，益成了他的使人难忘的特征。我是最要和他打趣的。他那样的无抵抗的态度呀！

　　伯祥，圆脸而老成的军师，永远是我们的顾问，他那谈话与手势曾迷惑了我们的全体与无数的学生，只有我是常向他取笑的，往往的"伯翁这样"、"伯翁那样"的说着，笑着；他总是淡然的说道："伯翁就是那样好了。"只有圣陶和颉刚是常和他争论的，往往争论得面红耳热。

予同，我们同伴中的翩翩少年；春二三月，穿了那件湖色的纺绸长衫，头发新理过，又香又光亮，和风吹着他那件绸衫，风度是多末清俊呀！假如站在水涯，临流自照，能不顾影自怜！可惜闸北没有一条清莹的河流。

圣陶，别一个美秀的男性；那长到耳边的胡子如不剃去，却活是一个林长民——当然较他漂亮——剃了，却回复了他的少年，湖色的夹绸衫；漂亮——青缎马褂，必恭必敬的举止，唯唯呐呐若无成见的谦抑态度，每个人见了都要疑心他是一个"老学究"。谁也料不到他是意志极坚强的人。这使他老年了不少，这使他受了许多人的敬重。

东华，那瘦削的青年，是我们当中的最豪迈者。今天他穿着最漂亮的一身冬衣，明天却换了又旧又破的夹衣，冻得索索抖：无疑的，他的冬衣是进了质库。他常失踪了一二天，然后又埋了头坐在书桌上写译东西，连午饭也可以不吃，晚间可以写到明天三四点钟。他可以拿那样辛苦得来的金钱，一掷千金无悔。我们都没有他那样的勇气与无思虑。

调孚，他的矮身材，一见了便使人不会忘记。他向不放纵，酒也不喝，一放工便回家；他总是有条有理的工作着，也不诉苦也不夸扬。但有时，他也似乎很懒，有人拿东西请他填写，那是很重要的，他却一搁数月，直到了事变了三四次，他却始终未填！我猜想，他在家庭里是一个太好的父亲了。

石岑，我想到他的头上脸上的白斑点，不知现在已否退去或还在扩大它的领土。他第一次见人，永远是恳恳切切的，使人沉醉在他的无比的好意中。有时却也曾显出他的崭绝严厉的态度，我曾见他好几次吩咐门房说，有某人找他，只说他不在。他的谈话，是伯翁的对手。他曾将他的恋爱故事，由上海直说到镇江，由夜间十一时直说到第二天天色微明；这是一个不能忘记的一夜，圣陶，伯翁他们都感到深切的趣味。还有，他的耳朵会动，如猫狗兔似的，他曾因此引动了好几百个学生听讲的趣味。

还有，镇静而多计谋的雁冰，易羞善怒若小女子的仲云，他们可惜都在中国的中央。我们有半年以上不见了。

还有，声带尖锐的雪村老板，老于事故的乃乾，渴想放荡的锦晖，宣传人道主义的圣人傅彦长，还有许多许多——时刻在念的不能一一写出来的朋友们。

这些朋友一个个都若在我面前现出。

有人写信来问我说："你们的生活是闭户著书，目不窥园呢，还是天天卡尔登，夜夜安乐宫呢？"很抱歉的，我那时没有回答他。

说到我们的生活，真是稳定而无奇趣，我们几乎是不住在上海似的，固然不能说我们目不窥园——因为涵芬楼前就有一个小园子，我们曾常常去散散步——然而天天卡尔登的福气，我们可真还不曾享着。在我们的群中，还算是我，是一个常常跑到街上的人，一个星期中,总有两三个黄昏是在外面消磨过的,但却不是在什么卡尔登,安乐宫。有什么好影片子，便和君箴同到附近影戏院中去看；偶然也一个人去；远处的电影院便很少能使我们光顾了——

"今天 Apollo 的片子不坏，圣陶，你去么？"

"不；今天不去。"

"又要等到礼拜天才去么？"

他点点头。他们都是如此，几乎非礼拜天是不出闸北的。

除了喝酒，别的似乎不能打动圣陶和伯祥破例到"上海"去一次。

"今天喝酒去么？"

他们迟疑着。

"伯翁，去吧。去吧。"我半恳求的说。

"好的，先回家去告诉一声。"伯祥微笑的说，"大约际夫人又出去打牌了，所以你又来拉我们了。"我没有话好说，只是笑着。

"那末，走好了，愈之去不去？去问一声看。"圣陶说。

愈之虽不喝酒，——他真是滴酒不入口的；他自己说，有一次在吃某亲眷的喜酒时，因为被人强灌了两杯酒，竟至昏倒地上，不省人事了半天。我们怕他昏倒，所以不敢勉强他喝酒——然而我们却很高兴邀他去，他也很高兴同去。有时，予同也加入。于是我们便成了很热闹的一群了。

那酒店——不是言茂源便是高长兴——总是在四马路的中段，那一段路也便是旧书铺的集中地。未入酒店之前，我总要在这些书铺里张张望望好一会儿；这是圣陶所最不高兴而伯祥，愈之所淡然的，我不愿意以一人而牵累了大家的行动，只得怅然的匆匆的出了铺门，有时竟至于望门不入。

我们要了几壶"本色"或"京庄"，大约是"本色"为多。每人

春华秋实经典书系

面前一壶。这酒店是以卖酒为主的，下酒的菜并不多。我们一边吃，一边要菜。即平常不大肯入口的蚕豆，毛豆在这时也觉得很有味。那琥珀色的"京庄"，那象牙色的"本色"，倾注在白瓷里的茶杯中，如一道金水；那微涩而适口的味儿，每使人沉醉而不自觉。圣陶伯祥是保守着他们日常饮酒的习惯，一小口一小口，从容的喝着。但偶然也肯被迫的一口喝下了一大杯。我起初总喜欢豪饮，后来见了他们的一小口一小口的可以喝多量而不醉，便也渐渐的跟从了他们。每人大约不过是二三壶，便陶然有些酒意了。我们的闲谈源源不绝；那真是闲谈，一点也没有目的，一点也无顾忌。尽有说了好几次的话了，还不以为陈旧而无妨再说一次。我却总以愈之为目的而打趣他；他无法可以抵抗；"随他去说好了，就是这样也不要紧。"他往往的这样说。呵，我真思念他。假定他也同行，我们的这次旅游，便没有这样枯寂了！我说话往往得罪人，在生人堆里总强制着不敢多开口，只有在我们的群里是无话不谈，是尽心尽意而倾谈着，说错了不要紧，谁也不会见怪的，谁也不会肆以讥弹的。呵，如今我与他们是远隔着千里万里了；孤孤踽踽，时刻要留意自己的语言，何时再能有那样无顾忌的畅谈呀！

　　我们尽了二三壶酒，时间是八九点钟了，我们不敢久停留，于是大家便都有归意。又经过了书铺，才又想去看看，然而碍着他们，总是不进门的时候居多。不知怎样的，我竟是如此的"积习难忘"呀。

　　有几次独自出门，酒是没有兴致独自喝着，却肆意的在那几家旧书铺里东翻翻西挑挑。我买书不大讲价，有时买得很贵，然因此倒颇有些好书留给我。有时走遍了那几家而一无所得，懊丧没趣而归；有时却于无意得到那寻找已久的东西，那时便如拾到一件至宝，心中充满了喜悦。往往的，独自的到了一家菜馆，以杯酒自劳，一边吃着，一边翻翻看看那得到的书籍。如果有什么忧愁，如果那一天是曾碰着了不如意的事，当在这时，却是忘得一干二净，心中有的只是"满足"。

呵，有书癖者，一切有某某癖者，是有福了！

我尝自恨没有过过上海生活；有一次，亡友梦良六儿经过上海，我们在吉升栈谈了一夜。天将明时六儿要了三碗白糖粥来吃。那甜美的粥呀，滑过舌头，滑下喉口，是多末爽美，至今使我还忘不了它。去年的阴历新年，我因过年时曾于无意中多剩下些钱，便约了好些朋友畅谈了一二天，一二夜；曾有一夜，喝了酒后，偕了予同，锦晖，彦长他们到卡尔登舞场去一次，看那些翩翩的一对对舞侣，看那天花板上一明一亮的天空星月的象征，也颇为之移情。那一夜直至明早二时方归家。再有一夜，约了十几个人，在一品香借了一间房子聚谈；无目的的谈着，谈着，谈着，一直到了第二天早晨。再有一次是在惠中。心南先生第二天对我说：

"我昨夜到惠中去找朋友，见客牌上有你的名字，究竟是不是你？"

"是的，是我们几个朋友在那里闲谈。"

他觉得有些诧异。

地山回国时，我们又在一品香谈了一夜。彦长，予同，六逸，还有好些人，我们谈得真高兴，那高朗的语声也许曾惊扰了邻人的梦，那是我们很抱歉的！我们曾听见他们的低语，他们的着了拖鞋而起来灭电灯。当然，他们是听得见我们的谈话。

除了偶然的几次短旅行，我和君箴从没有分离过一夜；这几夜呀，为了不能自制的谈兴却冷落了她！

六逸，一个胖子，不大说话的，乃是我最早的邻居之一；看他肌肉那末盛满，却是常常的伤风。自从他结婚以后，却不大和我们在一处了。找他出来谈一次，是好不容易呀。

我们的"上海"生活不过是如此的平淡无奇，我的回忆不过是如此的平淡无奇。然而回过头去，我不禁怅然了！一个个的可恋念的旧友，一次次的忘不了的称心称意的谈话，即今细念着，细味着，也还叮以暂忘了那抬头即见的墨蓝色的海水，海水，海水呢。

春华秋实经典书系